閩南語教材㈠

吳傳吉　編著

臺灣 學生書局 印行

自　序

　　民國八十四年(1995 年)十月底，看到教育部要獎助鄉土
語言著作的消息，至十二月卅一日截止交件。筆者當時剛好
將聲調符號改進完成，不知向何處發表，遂抱著姑且一試的
心情，將幾年來所收集到的資料，整理送出。很幸運的得了
佳作獎，並得以在國立清華大學，加入作品發表會發表作品。
但是要做爲教材的緣故，心想如果用字不當，影響將非常深
遠。所以特別懇請對於文字、訓詁、音韻三方面均有精深研
究的漢學大師陳冠學先生協助及其大著"台語之古老與古典"
作參考，才敢付印成書。

　　惟在用字方面，考慮到初學者以及一般大眾的認知；還
有冷僻的正字，輸入電腦的困擾。因此在基礎編，採漸進的
方式，在附錄三附有台語繫（虛）詞用字吟，可讓讀者看起
來與北京話很相近。再者，台語是古老語言之一，有些由於
象形演化出來的文字，筆劃太多，不但難學，亦且難記，因
此改用訓字或俗字代替。例如：灶、找、交攪覆等。也有某
些字，可能爲讀者所不能接受的，如住的正字「贅」，好像
只有被招贅才有地方住，故以有水才能住的「滯」字來用；

「帶」在「水」邊。

　　本教材能夠呈現給讀者，除了感謝吳三連台灣史料基金會，收集那麼多的資料供社會人士參考，以及吳冬惠小姐、蔡美麗小姐、謝榮富先生等提供意見。

　　音韻方面，因爲年代久遠，口語相傳，省音、變音非常複雜，錯誤之處，在所難免，尚祈社會賢達不吝指正，在此一併致謝。

編著者　**吳傳吉**　謹示

1997. 8. 1.

目　錄

前　言

　　筆者曾經到過北歐冰島，當地導遊史賓先生稱：「冰島雖然人口僅有二十七萬人，但冰島文學在歐洲卻佔有一席之地，而其語文是用他們自己獨有的語言寫的。」而閩南話在漢語裡是一種很有特點的語言；它的語音保留很多先秦的古音；它的詞彙涵蓋古今中外；它的語法有別於其他方言。其音調有七聲，為現今世界兩千柒百多種語言中，聲調最多的語言之一。根據初步統計，海內外操這種這種語言的人，將近六千萬人，如今的閩南語已經作為地球上六十種主要語言的代表之一，在公元一九七七年美國發射“旅行者二號”太空船，曾經，攜帶閩南語初錄製在可保存十億年之久的鍍金唱片上，到浩瀚的宇宙中去尋覓知音。這種鑑古通今的語言，實在沒有理由不被保存下來，直到永遠。尤其有共識的有心人，更應該想辦法；如何才能使人們更了解它、學習它，使其更發揚光大。

　　本教材之特色是將原有的聲符，加以改進，在七聲中與國語聲調相同的部份，聲符相同；多出的三個聲調依語言學家王育德博士在公元一九五四年於東京大學理工研究所實驗

台語所謂 "八聲" 的波形圖之波形加以擬成 Ｌ、ｂ、Ｐ三個
聲符，之後，再將同為入聲的 ｂ、Ｐ縮減為ｂ與不標聲符；故
閩南語的七聲的聲符是以ˊˇˋＬｂ五個聲符標示的。

　　至於標音方面不分漳州音泉州音，同一個字在不同的句
子裡可能標示的音，有時以漳洲音標出，有時以泉州音標出，
採取自己覺得容易講，別人容易聽得清楚為原則。聲母部份
以一字一音簡化書寫，故羅馬字以英文字母第二式。

　　至於用字方面，所寫出的字，虛詞部份依據鄭良偉先生
在 "在向標準化的台灣語文" 列出的虛用字，加以歸納成一
個字或兩個字，完全根據句子裡的需要而定。好讓其他語系
的人，雖然不會說閩南語，還是可以看懂它的意思。

　　本教材為能適用於各年齡層的需要，採彈性編法；第一
篇發音篇，第二篇基礎篇，是必要學習的；至於第三篇益智
篇，第四篇附錄篇。由教師視學生的程度，自行決定取捨，
不過一般人喜歡押韻，故列出較多的台灣口語詩："七字仔"。
閩南語文剛要重新出發，字本身筆劃的精簡是我們今後努力
的目標。

第一章　發音篇

一、認識聲調的變化

㈠易記式：

　　用日常生活中與食衣住行有關的詞句，較具體，易學易記。

　　甲：湯好、菜足、茶讚、飯、粒。

　　乙：聲好、氣足、人秀、面白。

　　丙：車緊、帶束、橋短、路直。

　　丁：衫短、褲潤、人矮、鼻直。

　　戊：雞走、兔逐、猴走、象掠。

　　己：燈秀、茨潤、床秀、被白。

註：乙、人秀：人美。丙、車緊：車快；帶：安全帶或皮帶。

　　戊、逐：(jio$_k$^{b})；掠：(Lia$_h$)；即雞跑兔追，猴跑象抓。

(二)傳統式：

同音不同聲調，明瞭其中差別情形。

聲調：		1	2	3	4	5	6	7	8
dong	ㄉㄨ	甲：	東	黨	棟	督	同	黨	洞	毒
gun	ㄍㄨ	乙：	君	滾	棍	骨	群	滾	郡	滑
giong	ㄍㄨ	丙：	弓	龔	供	菊	強	龔	共	局
zong	ㄗㄨ	丁：	莊	總	壯	作	崇	總	狀	族
də	ㄉㄜ	戊：	刀	倒	到	桌	逃	倒	導	焯

(三)聲符改進意見請詳見附錄一。

(四)閩南語七聲之聲符：

以直覺式的國語聲符ˊ、ˇ、ˋ及英文字母式的 L、b，所演化的 L、b 兩個聲符，來辨別閩南語的聲符。由 B.傳統式重組如後：

甲：　東ㄉㄨ　同ㄉㄨˊ　棟ㄉㄨˇ　黨ㄉㄨˋ　洞ㄉㄨ^L　督ㄉㄛ^b　毒ㄉㄛ^L

dong　dong´　dongˇ　dong`　dong^L　do$_k^b$　do$_k$

乙：　君ㄍㄨ　群ㄍㄨˊ　棍ㄍㄨˇ　滾ㄍㄨˋ　群ㄍㄨ^L　骨ㄍㄨㄊ^b　滑ㄍㄨㄊ

gun　gun´　gunˇ　gun`　gun^L　gu$_t^b$　gu$_t$

丙：　弓ㄍㄨ　強ㄍㄨˊ　供ㄍㄨˇ　龔ㄍㄨˋ　共ㄍㄨ^L　菊ㄍㄛ^b　局ㄍㄛ

giong　giong´　giongˇ　giong`　giong^L　gio$_k^b$　gio$_k$

丁：　莊ㄗㄨ　崇ㄗㄨˊ　壯ㄗㄨˇ　總ㄗㄨˋ　狀ㄗㄨ^L　作ㄗㄛ^b　族ㄗㄛ

zong　zong´　zongˇ　zong`　zong^L　zo$_k^b$　zo$_k$

戊：　刀　　逃　　到　　倒　　導　　桌　　焯

də　　$\text{də}´$　　$\text{də}ˇ$　　$\text{də}`$　　də^L　　$\text{də}_h´$　　də_h

(五)易記式注音：

甲：　湯　　好　　菜　　足　　茶　　讚　　飯　　粒

tng　　$\text{hə}`$　　$\text{cai}ˇ$　　$\text{zio}_k$　　$\text{de}´$　　$\text{zan}`$　　bng^L　　lia_p

乙：　聲　　好　　氣　　足　　人　　秀　　面　　白

sia_n　　$\text{hə}`$　　$\text{ki}ˇ$　　$\text{zio}_k´$　　$\text{lang}´$　　sui　　vin^L　　be_h

丙：　車　　緊　　帶　　束　　橋　　短　　路　　直

cia　　$\text{gin}`$　　$\text{dua}ˇ$　　$\text{so}_k$　　$\text{giə}´$　　$\text{de}`$　　lo^L　　di_t

丁：　衫　　短　　褲　　潤　　人　　矮　　鼻　　直

sa_n　　$\text{de}`$　　$\text{ko}ˇ$　　kua_h　　$\text{lang}´$　　$\text{ue}ˇ$　　$\text{pi}_n{}^L$　　di_t

戊：　雞　　走　　兔　　逐　　猴　　走　　象　　掠

gue　　$\text{zau}`$　　$\text{to}ˇ$　　$\text{jio}_k$　　$\text{gau}´$　　$\text{zau}`$　　$\text{ciu}_n{}^L$　　lia_h

己：　燈　　秀　　茨　　潤　　床　　秀　　被　　白

ding　　$\text{sui}`$　　$\text{cu}ˇ$　　$\text{kua}_h$　　$\text{cng}´$　　$\text{sui}`$　　pe^L　　be_h

(六)現代聲符叫法：

1.高平調：不標聲符　　5.中平調：**L**

2.升高調：✓　　　　　6.低促調：**b**

3.中降調：∨　　　　　7.高促調：**P**

4.高降調：、　　　　　（6.7.兩者取一不標聲符）

二、台語(閩南語)注音符號

(一)聲　母

國語推行委員會 台灣方言符號	ㄅ	ㆠ	ㄆ	ㄇ	ㄉ	ㄊ	ㄋ	ㄌ	ㄍ	ㆣ	ㄎ
文字母式 (羅馬字)	b	v	p	m	d	t	n	l	g	q	k
讀台音 (高平聲)	褒	帽	波	冒	刀	桃	奴	囉	哥	鵝	科
國語推行委員會 台灣方言符號	ㄫ	ㄏ	ㄐ	ㆢ	ㄑ	ㄒ	ㄬ	ㄗ	ㆡ	ㄘ	ㄙ
文字母式 (羅馬字)	ng	h	z(i)	j	c(i)	si		z	j(u)	c	s
讀台音 (高平聲)	吳	和	之	字	痴	施	耳	資	裕	次	思

(二)單韻母

國推會 台符號	ㄚ	ㄛ	ㄜ	ㄝ	ㄧ	ㄨ	ㆬ
文音標	a	o	ə	e	i	u	m
台語拼音							
台音字	飽	虎	倒	體	擬	愈	姆

(三)複韻母

國推會 台符號	ㄞ	ㄠ	ㄫ	ㄇ̄	ㄚ̄ㄇ	ㆦㄇ	ㄢ=ㄚㄣ	ㄨㄣ	ㄧㄣ
文音標	ai	au	ng	im	am	om	an	un	in
台語拼音	ㄞ	ㄠ	ㄫ	ㄇ̄	ㄚ̄ㄇ	ㆦㄇ	ㄅㄢ	ㄘㄨㄣ	ㄒㄧㄣ
台音字	屎	跑	軟	寢	砍	坔	挽	春	申
外文拼音	sai`	pau`	nng`	cim`	kam`	lam˘	van`	cun	sin

國推會 台符號	ㄤ=ㄚㄫ	ㄧㆲ	ㄨㆲ	ㄩㆲ	ㄧ	ㄨ	ㄝ	ㄧㄢ
文音標	ang	ing	ong	iong	i_n	u_n	e_n	ian
台語拼音	ㄅㄤ	ㄅㄧㄥ	ㄅㄨㄥ	ㄍㄩㄥ	ㄒㄧ	ㄒㄨ	ㄏㄝ	ㄅㄧㄢ
台音字	東	丁	莊	弓	生	箱	係(是)	典
外文拼音	dang	ding	zong	giong	si_n	siu_n	he_n	dian`

(四)入聲拼音

入聲拼音是利用無聲之聲母 p(ㄅ)、t(ㄊ)、k(ㄎ)、h(ㄏ) 借其嘴型收氣收聲。

1. ㄏ(h)收音

ㄚ→ㄏ　ㄚ̌ㄏ押；ㄅㄚ̌ㄏ百。

ㄜ→ㄏ　ㄜ̌ㄏ惡；ㄅㄜ̌ㄏ桌、ㄅㄜ̌ㄏ焯。

ㄝ→ㄏ　ㄝ̌ㄏ呃；ㄊㄝ̌ㄏ裼、ㄊㄝ̌ㄏ宅。

2. p(ㄆ)收音

　　一→ㄆ　　-ㄆ 揖 ; ㄑ-ㄆ 跤。

　　ㄚ→ㄆ　　ㄚㄆ 壓 ; ㄎㄚㄆ 闔、ㄎㄚㄆ 磕。

3. ㄊ(t)收音

　　ㄚ→ㄊ　　ㄅㄚㄊ 遏 ; ㄅㄚㄊ 別、ㄅㄚㄊ 朳。

　　ㄨ→ㄊ　　ㄨㄊ 鬱 ; ㄘㄨㄊ 出。

　　一→ㄊ　　-ㄊ 乙 ; ㄒ-ㄊ 失、ㄒ-ㄊ 食。

4. ㄎ(k)收音

　　ㄚ→ㄎ　　ㄚㄎ 沃 ; ㄍㄚㄎ 角、ㄍㄚㄎ 礫。

　　一→ㄎ　　-ㄎ 益 ; ㄐ-ㄎ 積。

　　ㄛ→ㄎ　　ㄛㄎ 惡 ; ㄗㄛㄎ 作、ㄗㄛㄎ 族。

　　ㆦ→ㄎ　　ㆦㄎ 約 ; ㄍㆦㄎ 菊、ㄍㆦㄎ 局。

㈤聲母〈ㆣ〉與韻母〈兀〉

　　因韻母用的機會多，聲母用的機會少，爲簡化注音筆劃起見，應互換角色；也就是聲母改用〈兀〉，韻母改用〈兀〉ㄤ＝ㄚ兀。

第二章　基礎篇

第一課　問ㄅㄥˇ　話ㄨㄝㄥˋ

vngˇ　ueㄥ

甲：阿ㄚㄥˋ伯ㄅㄝˋ仔ㄚㄏˋ，　你ㄉㄚˋ在ㄉ　種ㄐㄥˋ啥ㄙㄚㄋ　物ㄇㄧㄏˋ？

a˩　beₕ　aₕ　liˋ　di　zingˋsaₙ　miₕ

乙：我ㄍㄨㄚˋ在ㄉ　種ㄐㄥˋ白ㄅㄝˋ荣ㄘㄞ。

quaˋdi　zingˋbe˘　cai

甲：阿ㄚㄥˋ爸ㄅㄚ你ㄉㄚˋ在ㄉ　創ㄘㄥˋ啥ㄙㄚㄋ　貨ㄏㄝˋ？

a˩　ba　liˋ　di　congˋsaₙ　he˘

乙：今ㄍㄧㄣ日ㄌㄧㄊ到ㄍㄠˋ一ㄐㄧㄊ可ㄍㄨㄚ物ㄇㄧ件ㄍㄧㄚㄋˋ，　我ㄍㄨㄚˋ給ㄍㄚ弄ㄅㄥˋ與ㄏㄛ

giaₙ　liₜ　gauˋ　ziₜ　gua　mi˘　giaₙㄥ　quaˋ　ga˩　kngˋ ho˩

好ㄏㄝ勢ㄙㄝˋ。

hə　se˘

甲：阿ㄚ母ㄅ 你ㄌ 在ㄉ 作ㄗ 什ㄒ 麼ㄇ？
　　a　 vu`　li`　di　zə`　sim　mi_h

乙：我ㄍ 在ㄉ 準ㄗ 備ㄅ 明ㄇ 仔ㄚ 再ㄗ 學ㄏ 校ㄏ 的ㄝ 教ㄍ 材ㄗ。
　　qua`　di　zun　bi`　mi　a　zai`　ha_k　hau　e`　gau`　zai`

台國語詞彙對照

(1)阿伯仔：老伯（伯父）。(2)在：正字是。到：正字袼。的：正字維或令。(3)啥物：什麼東西。(4)創啥貨：做什麼。(5)一可：一些。(6)物件：物品，貨物。(7)弄：放。(8)好勢：好。(9)阿母：媽。(10)明仔再：明天。(11)及：和，與。

國ㄍ 語ㄍ（ㄍ）
ko_k　qu`　(qi`)

甲：老伯你在種什麼東西？

乙：我在種白菜。

甲：爸，你在做什麼事？

乙：今天到的一些貨品，我把它放好。

甲：媽，你在做什麼事？

乙：我在準備明天學校的教材。

補充教材
bo　　ciong　gauˋ　zaiˊ

數字的講法
soˋ　ji˪　eˇ　gong　hua˪

A. 電話號碼（碼）

dianˇ ueˇ hə maˋ (veˋ)

1 一 2 二 3 三 4 四 5 五 6 六 7 七 8 八 9 九 10 十 0 空（寧）

i˪ li˪ sam suˇ qoₙ lioₖ ci˪ ba˪ giuˋ siₚ kongˇ(ningˊ)

B. 普通數字

po tong˪ soˋ ji˪

一 二 三 四 五 六 七 八 九 十

zi˪ lng˪ saₙ siˇ qo˪ laₖ ci˪ bueₕ gauˋ zaₚ

一隻鷄　　二蕊花　　三枝竹仔

zi˪ ziaₕ ge　　lng ˇlui hue　　saₙ˪ gi˪ deₖ aₕ

四間茨　　五个人　　六欉樹仔

siˇ ging˪ cuˇ　　qo˪ eˇ langˊ　　laₖ zangˇ ciu˪ aₕ

七台車　　八尾魚　　九塊豆干

ci˪ daiˇ cia　　bueₕ veˇ hiˊ　　gau de ˋdauˇ guaₙ

十粒卵　　百千萬

zaₚ liaₚ lng˪　　baₕ cing van˪

日期及時間

jitᵇ giˊ gaₕ siˇ gan

台國語句對照

(1)於早起 ：早上	(2)上晡 ：上午
eˇ zai kiˋ	ding bo
(3)中晝 ：中午	(4)下晡 ：下午
diong dauˇ	eˇ bo
(5)於昏，於暗：今晚	(6)每暗仔 ：黃昏
eˊ hng，eˊ amˇ	veₕ am aₕᵇ
(7)透早 ：一大早	(8)日時 ：白天
tauˋ zaˋ	litₜ sihᵇ
(9)暝時 ：晚上	(10)暝日 ：日夜
miˊ sihᵇ	miˊ litₜ
(11)半暝仔 ：半夜	(12)天光仔 ：天亮了
bauₙˋ miˊ aₕᵇ	tiₙ gng a
(13)今仔日 ：今日	(14)明仔再 ：明日
ginˊ a litₜ	miˊ a zaiˇ
(15)昨昏 ：昨天	(16)暍日 ：前天
zaˊ hng	zəₕ litᵇ

(此「暍」字是楊青矗先生新造字。古漢語是昨日，因與北京語差一天。)

(17) 落_{ㄌㄛˋ} 晡_{ㄗㄜ˙} 日_{ㄌㄧㄊˋ}　：大前天
　　　lə˙　zəh　li̍t

(18) 舊_{ㄍㄨˋ} 年_{ㄋㄧˊ}　：去年
　　　gu˙　ni´

(19) 今_{ㄍㄣ} 年_{ㄋㄧˊ}　：今年
　　　gin　ni´

(20) 前_{ㄗㄨㄣˊ} 年_{ㄋㄧㄏˋ}　：前年
　　　zun´　nih

(21) 頂_{ㄉㄥ} 日_{ㄌㄧㄊˋ} 仔_{ㄚㄏˋ}　：前些日子
　　　ding　li̍t　ah

(22) 禮_{ㄌㄝˇ} 拜_{ㄅㄞˋ} 日_{ㄌㄧㄊ}　：星期天
　　　le　bai˙　li̍t

第二課　相借問

san˪ ziəh mng˪

阿雄：　　勢早！
a　yong　qau　za

明宗：　　勢早，　您食飽未？
ming zong　qau　za　　lin　ziah　ba　ve

阿雄：　　食飽囉！　今日要去共阮
ziah　ba　loh　　gian　lit　veh　ki　gang˪ quan
丈人做生日，較早起來。
diun　lang　zə　sin　lit　　kah　za　ki　laih

明宗：　　您丈人滯在何位？
lin　diun　lang　duah　di　də　ui˪

阿雄：　　滯在高雄。
duah　di　gə　yong

明宗：　　安尔不着坐火車較好。
an　ni　m　diə　ze　he　cia　kah　hə

阿　雄　：　着啊！　若家己駛車去到

dioₕ a　　　na ga ki sai cia ki gau

高雄，　時間燴按算咧！

gə yong　　si gan vue an sng le

驚會高速公路塞車。

giaₙ e gə soₖ gong loᴸ taₜ cia

明　宗　：　我抵好要去新公園，來！

qua du hə veₕ ki sin gong hng lai

我給您載到台北車頭。

qua ga lin zai gau dai baₖ cia tau

阿　雄　的　某　：　安爾敢好勢。　勞煩

e vo　　an ni gam hə se　　lə huan

你的工。

li e gang

明　宗　：　那會要緊，　順路爾爾。

na e yau gin　　sun loᴸ nia niaᴸ

………………………………………………

阿　雄　的　某　：　台北車頭要到啊，

dai baₖ cia tau veₕ gau a

站於轉角仔落車着好。

diam e dng gaₖ a lə cia də hə

明　宗　：　好ㄏ˙！　無ㄅ˙問ㄨㄣˇ題ㄉㄨㄝˊ。
　　　　　　　　　　hə˙　　　　vəˇ　vunˇ　dueˇ

阿　雄　的　某　：　眞ㄐㄧㄣ˪努ㄌㄛ˙力ㄌㄚ˪。
　　　　　　　　　　zin˪　lo　la_t

明　宗　：　再ㄗㄞˋ會ㄨㄝ˪！
　　　　　　zaiˋ　hue˪

阿　雄　：　再ㄗㄞˋ會ㄨㄝ˪！
　　　　　　zaiˋ　hue˪

台國語詞彙對照

⑴相借問：打招呼。⑵努早：好早。⑶您：你們。⑷要：正字每。較：正字加。滯：正字贅。何：正字底。⑸阮：我們。⑹滯在：住在。⑺安尔：這樣。⑻不着：不是要。⑼着啊：對啊。⑽家己：自己。⑾駛車：駕駛車。⑿獪按算：不能預算。⒀驚會：恐怕會。⒁抵好：剛好。⒂車頭：車站。⒃某：妻子、太太。⒄敢好勢：怎麼好意思。⒅勞煩你的工：麻煩你的時間。⒆站於：在。⒇轉角仔：轉角處。㉑落車：下車。㉒着好：就好。㉓努力：辛苦您了，謝謝。㉔無問題：沒問題。㉕起來：合音kiaiˋ。

人稱代名詞

(1)我ㄍㄨㄚˋ：我。　(2)你ㄌㄧˋ：你。　(3)伊ㄧㄥˋ：他。　(4)阮ㄍㄨㄢˋ：我們；
　　qua`　　　　　li`　　　　　i`　　　　　　quan`　我的。

(5)您ㄌㄧㄣˋ：你們；　(6)怹ㄧㄣˋ：他們；　(7)伯ㄌㄢˋ：我們大家，正字懶；
　　lin`　　你的。　　　in`　　他的。　　　lan`　　我們的。

練　習

1. 你要到那裡？

2. 我今天要給我岳父做生日。

3. 搭火車較好。

4. 我剛好要去新公園。

第三課　家族的稱呼
gaᴸ zoₖ eˇ cingᴸ ho

一、阮的家庭
quanˋeˇ ga dingˊ

1. 阮兜是三代同堂的大家族，
quan dau siˇ saₙ daiᴸ dongˇ dngˊ eˇ duaˇ ga zoₖ

滯台灣到我已經第六代，　　免
duaˋ daiˇ wanˊ gauˋ quaˋ i ging deˇ laₖ daiᴸ　　vianˋ

講親情也歸大陣：　茨內有阿
gongˋcinˇ ziaₙˋ ma gui duaˇ dinˇ　cuˋ laiᴸ uˇ aᴸ

公、　阿嬤、　阿伯、　阿姆、　阿
kong　aᴸ maˋ　aᴸ beₕˋ　aᴸ mˋ　aᴸ

叔、　阿嬸、　阿姑、　阿爸、　阿
zieₖˋ　aᴸ zimˋ　aᴸ go　aᴸ baₕˋ　aᴸ

母ㄅㄨˋ、 阿ㄚˋ兄ㄏㄧㄢ、 阿ㄚˋ姊ㄐㄧˋ、我ㄍㄨㄚˋ及ㄍㄚ小ㄒㄧㄛ弟ㄉㄧˋ、
vu`    a˪ hia$_n$    a˪ zi`   qua` ga$_h$ siə di˪

小ㄒㄧㄛ妹ㄅㄨㄝˋ。
siə ve˪

2. 阿ㄚˋ爸ㄅㄚˋ的ㄝ兄ㄏㄧㄢ哥ㄍㄜ我ㄍㄨㄚˋ叫ㄍㄧㄛ阿ㄚˋ伯ㄅㄝˋ， 有ㄨˇ大ㄉㄨㄚˇ
a˪ ba$_h$ e“ hia$_n$ gə qua` giə$_h$ a˪ be$_h$ u“ dua“

伯ㄅㄝˋ、 二ㄋㄧˇ伯ㄅㄝˋ合ㄍㄚ三ㄙㄢ伯ㄅㄝˋ。 阿ㄚˋ伯ㄅㄝˋ的ㄝ家ㄍㄝˋ
be$_h$ li“ be$_h$ ga$_h$ sa$_n$ be$_h$ a˪ be$_h$ e“ ge˪

後ㄠˋ我ㄍㄨㄚˋ叫ㄍㄧㄛ阿ㄚˋ姆ㄇ， 有ㄨˇ大ㄉㄨㄚˇ姆ㄇˋ、 二ㄋㄧˇ姆ㄇˋ
au˪ qua` giə$_h$ a˪ m`   u“ dua“ m`    li“ m`

及ㄍㄚ三ㄙㄢ姆ㄇˋ。
ga$_h$ sa$_n$ m`

3. 阿ㄚˋ爸ㄅㄚˋ有ㄨˇ六ㄌㄚˋ個ㄝ兄ㄏㄧㄢˋ弟ㄉㄧˋ。 阿ㄚˋ爸ㄅㄚˋ是ㄒㄧˇ阿ㄚˋ
a˪ ba$_h$ u“ la$_k$ e“ hia$_n$˪ di˪   a˪ ba$_h$ si˪ a˪

公ㄍㄥ阿ㄚˋ嬤ㄇㄚˋ的ㄝ第ㄉㄝˋ四ㄒㄧˋ後ㄏㄠˇ生ㄒㄧ。 阿ㄚˋ爸ㄅㄚˋ的ㄝ
gong a˪ ma` e“ de“ si` hau“ si$_n$ a˪ ba$_h$ e“

小ㄒㄧㄛ弟ㄉㄧˋ我ㄍㄨㄚˋ叫ㄍㄧㄛ阿ㄚˋ叔ㄐㄧㄝˋ， 有ㄨˇ五ㄍㄛˋ叔ㄐㄧㄝˋ及ㄍㄚ屘ㄇㄢ
siə di˪ qua` giə$_h$ a˪ zie$_k$ u“ qo˪ zie$_k$ ga$_h$ man˪

叔ㄐㄧㄝˋ。
zie$_k$

4. 阿爸的大姊、、　　小妹我攏叫阿
　　a bah e dua zi　　sio ve qua long giəh a
　姑，　有大姑、　二姑合細姑。
　go，　u dua go　　li go gah se go
　細姑有人叫厝邊姑。　阿姑的翁
　se go u lan giəh man go　　a go e ang
　我叫怹姑丈。
　qua giəh in go diun

5. 阿爸的老父我叫阿公，　伊的
　　a bah e lau be qua giəh a kong，　i e
　老母我叫阿嬤。　　阿公阿嬤的
　lau vu qua giəh a ma　　a kong a ma e
　父母，　我攏叫阿祖，　分諸夫
　be vu，　qua long giəh a zo，　hun za bo
　祖合諸母祖，　不却怹攏過身
　zo gah za vo zo，　m gə in long geh sin
　真久囉。
　zin gu loh

6. 阿兄的牽手我叫阿嫂，　怹的
　　a hia e kan ciu qua giəh a sə，　in e

囡 仔 是 我 的 姪 兒 。　　阿 姊 的 翁
qin ah· si qua· e· di$_t$ ah·　　a⌐ zi· e· ang

婿 我 叫 姊 夫 ，　　怹 的 囡 仔 是 我
sai· qua· giəh zi hu　　in⌐ e· qin ah· si qua

的 外 甥 兒 ，　　無 論 姪 兒 抑 是 外
e· que· sing· ah·　　və· lun⌐ di$_t$ ah· ah· si que·

甥 兒 攏 是 我 的 孫 兒 。
sing· ah· long si· qua· e· sun· ah·

7. 阿 公 阿 嬤 身 體 眞 勇 健 ，　　每 日
a⌐ kong a⌐ ma· sin⌐ te· zin⌐ iong gia$_n$⌐　　mui li$_t$

透 早 着 去 公 園 行 散 收 空 氣 。
tau· za· də· ki gong⌐ hng· gia$_n$· sua· siu· kong ki·

8. 阿 伯 阿 叔 做 人 豪 爽 ，　　講 話 却
a⌐ be$_h$ a⌐ zie$_k$ zə· lang· ho· song·　　gong ue⌐ gəh

趣 味 ， 早 出 暗 轉 無 閒 在 趁 錢 。
cu· vi⌐　za cu$_t$ am· dng· və· ing· di tan· zi$_n$·

9. 阿 爸 發 憤 有 責 任 ，　　教 阮 知 書
a⌐ ba$_h$ pa$_h$ bia$_n$· u· ze$_k$ jim⌐　　ga· quan· di su

別 禮 兼 誠 實 做 人 。
ba$_t$ le· giam⌐ sing· si$_t$ zə· lang·

10. 阿母賢慧却勤儉，　學校教冊
    aˋ vu hianˇ hueˋ gəh kunˇ kiamˋ　hakˋ hauˋ gaˋ cehˋ
    兼理家，　樂善好施有度量，
    giamˋ li ge　　lokˋ sianˋ honˋ si uˇ do liongˋ
    街頭巷尾人阿那。
    geˋ tauˇ hangˇveˋ langˇ ə ləˋ

11. 阮兄弟姊妹攏眞相好，　認眞
    quanˋhianˋ di zi veˋ long zinˋ siong həˋ　linˇ zin
    讀冊却友孝，　逐个攏是洪家
    takˋ cehˋ gəh iu hauˇ　dakˋ eˇ long siˇ angˇ gah
    的好弄孫。
    eˇ həˋ gianˋ sun

台國語詞彙對照

(1)阮：我們。(2)兜：家庭。(3)滯：住。(4)歸大陣：一大群。
(5)茨內：屋裡。(6)阿嬤：祖母。嬤正字媽。(7)阿姆：伯母。
(8)合：及。(9)家後：內人、妻子。(10)後生：兒子。(11)屘叔：
最小的叔叔。(12)翁、翁婿：丈夫。(13)伊：他。(14)阿祖：曾祖。
(15)諸夫祖：曾祖父。(16)諸母祖：曾祖母。某正字母。(17)不却：
不過。(18)怹：他們。(19)攏：都。(20)過身：過世。(21)眞久：很久。⑵牽手：妻子。⑵囡仔：孩子，小孩。正字人兒。⑵抑是：或是。⑵透早：很早。⑵着去：就去。⑵行散：散步，活動。⑵收空氣：吸收新鮮空氣。⑵趣味：風趣。⑶暗轉：晚歸。⑶無閒在趁錢：為賺錢而沒有空閒。⑶也：正字麼。⑶別：識。⑶却：又。⑶阿那：稱讚。⑶友孝：友愛孝順。⑶逐個：每個。⑶乘孫：子孫。

練　習

1. 你家有些什麼人？
2. 你伯父為人怎麼樣？
3. 你祖父身體好麼？
4. 你母親的為人怎麼樣？
5. 你父親如何教你們？

第四課　親情的稱呼

cin^L　zia$_n$ˊ　eˇ　　cing^L　ho

二、阿母的外家

a^L　vuˋ　eˇ　quaˇ　ge

1. 阿母的外家也是三代合作夥
a^L vuˋ eˇ quaˇ ge maˋ siˇ sa$_n$ dai^L ha$_p$ zəˋ heˋ
的大家庭。　阿母的老父我也
eˇ dauˇ ga dingˊ　　a^L vuˋ eˇ lauˇ be^L quaˋ maˋ
是叫阿公。　阿母的老母我也
siˇ giə$_h$ a^L kong　　a^L vuˋ eˇ lauˇ vuˋ quaˋ maˋ
叫阿嬤。　若是對人講，着講：
giə$_h$ a^L maˋ　　na^L siˇ duiˋ lang gongˋ də^L gong
阮外公、　外嬤。
quanˋ quaˇ kong　　quaˇ maˋ

2. 阿母的兄弟我叫阿舅。　　有大
　　aˋ vu eˇ hianˋ di quaˋ giəh aˋ guˋ　　uˇ duaˋ
　　細漢三个阿舅。　　阿舅的牽手
　　seˋ hanˇ sanₙ eˇ aˋ guˋ　　aˋ guˋ eˇ kanˋ ciuˋ
　　我叫阿妗，　　有大妗、　二妗及
　　quaˋ giəh aˋ gimˋ，　uˇ duaˋ gimˋ、　liˇ gimˋ gaₕ
　　細妗。
　　seˋ gimˋ

3. 阿母的姊妹我攏叫阿姨，　　有
　　aˋ vu eˇ ziˋ veˡ quaˋ long giəh aˋ iˊ，　　uˇ
　　大姨、二姨及厝姨，阿姨的翁
　　duaˋ iˊ、 liˇ iˊ gaₕ manˡ iˊ，aˋ iˊ eˇ angˡ
　　婿我叫姨丈。有大姨丈、二姨
　　saiˇ quaˋ giəh iˊ diunˡ。 uˇ duaˋ iˊ diunˡ、 liˇ iˊ
　　丈及厝姨丈。　　阿姨的後生，
　　diunˡ gaₕ manˡ iˊ diunˡ。　　aˋ iˊ eˇ hauˇ sinₙ
　　比我較大漢的我叫表兄，　　比
　　bi quaˋ kaₕ duaˋ hanˇ eˇ quaˋ giəh biau hianₙ，　　bi
　　我較少歲的是我的表小弟，
　　quaˋ kaₕ ziə heˇ eˇ siˇ quaˋ eˇ biau siə diˡ

我 僅 徒 叫 伊 的 名。　　阿 姨 的 諸
qua` gan` da` $gie_h$ i` e` mia`　　a` i` e` za

母 囝，　　比 我 較 多 歲 的 我 叫 表
vo gia_n`　　bi qua` ka_h zue` he` e` qua` gie_h biau

姊，　　比 我 較 少 歲 的 是 我 的 表
zi`　　bi qua` ka_h ziə he` e` si` qua` e` biau

小 妹，　　我 只 叫 伊 的 名。
siə ve`　　qua` zi gie_h i` e` mia`

5. 阿 舅 阿 妗 怹 對 外 公 外 嬤 攏 眞
a` gu` a` gim` in dui` qua` kong qua` ma` long zin`

孝 順，　　每 禮 拜 日 攏 焄 兩 个 老
hau` sun`　　mui le bai` $li_t$ long cua` lng` e` lau`

大 人 出 去 彳 亍 看 風 景。
dua` lang` cu_t ki ti_t tə` $kua_n$ hong` ging`

台國語詞彙對照

(1)親情：親戚。(2)外家：娘家。(3)作夥：很多人一起生活。
(4)着講：就講。(5)阿妗：舅母。(6)阿舅：舅父。(7)較大漢：
一般指個子較大，在孩提時代年齡較大，身裁自然較高。較：
正字加。(8)僅徒：僅僅。(9)焄：帶著。(10)彳亍：遊玩。

其他親屬詞句

(1)諸ㄗ 母ㄛ 孫ㄙ　：孫女。
za vo sun

(2)新ㄒㄧㄥ 婦ㄅㄨ　：媳婦。
sim^L bu^L

(3)囝ㄍㄢ 兒ㄌㄧ　：兒女。
gia_n li

(4)大ㄉㄨㄚ 漢ㄏㄢ 囝ㄍㄢ　：大兒子。
dua han gia_n

(5)細ㄙㄝ 漢ㄏㄢ 囝ㄍㄢ　：小兒子。
se han gia_n

(6)丈ㄉㄨ 人ㄌㄤ　：岳父。
diu_n lang

(7)丈ㄉㄨ 姆ㄇ　：岳母。
diu_n m

(8)囝ㄍㄢ 婿ㄙㄞ　：女婿。
gia_n sai

(9)孫ㄙ 婿ㄙㄞ　：孫女婿。
sun^L sai

(10)隔ㄍㄏ 腹ㄅㄢ 兄ㄏㄧ　：堂兄。
ge_h ba_k hia_n^L

(11)親ㄑㄧ 堂ㄉㄛ　：堂親。
cin^L dong

(12)細ㄙㄝ 姨ㄧ　：小老婆。
se i

(13)大ㄉㄚ 官ㄍ　：公公。
da^L gua_n

(14)大ㄉㄚ 家ㄍㄝ　：婆婆。
da^L ge

(15)大ㄉㄨㄚ 娘ㄌㄨ 姑ㄍㄛ　：大姑子。
dua liu_n go

(16)舅ㄍㄨ 子ㄚㄏ　：小舅子。
gu a_h
舅ㄍㄨ 仔ㄚ　：舅舅。
gu^L a^L

(17)同ㄉㄤ 事ㄙㄞ　：妯娌，同姒。
dang sai^L

(18)序ㄒㄧ 大ㄉㄚ　：長輩。
si^L dua^L

⑴⑼新ㄒㄧㄥㄇ 婦ㄅㄨˊ 仔ㄚㄏ˙ ：童養媳，
sim˪ bu´ aₕ˙ 養女。

⑵⑳祖ㄗㄛ 公ㄍㄥ˙ ：祖宗。
zo kong

第五課　台灣的天氣
dai wan e ti$_n$ ki

台灣在北緯二十三度半附近，
dai wan di ba$_k$ ui li za$_p$ san do bua$_n$ hu gun

是屬亞熱帶的所在，　是嘉義的
si sio$_k$ a je$_t$ dai e so zai　di ga qi e

水上鄉及東部花蓮的瑞穗攏有
zui siong hiong ga$_h$ dang bo hua lian e sui hui long u

建造北回歸線紀念碑。　春天一
gian zo ba$_k$ hue gui sua$_n$ gi liam bi　cun ti$_n$ i$_t$

般是獪真寒，　不却定定愛落微
bua$_n$ si vue zin gua$_n$　m gə$_h$ dia$_n$ dia$_n$ ai lə mi

微（毛毛）仔雨。　一下落雨着較
mi mng mng a ho　zi$_t$ e lə ho də ka$_h$

寒，　俗語講：　春寒雨若濺，　冬
gua$_n$　sio$_k$ qu gong　cun gua$_n$ ho na zua$_n$　dang

寒 叫 涸 旱 。 　 熱 天 的 時 間 ， 　 一 般
guan gioh kə huan　juah tin e si gan　　it buan

是 食 過 五 月 節 粽 ， 　 開 始 潐 。 　 古
si ziah geh qo qeh zueh zang　kai si juah　　go

早 時 的 人 講 ： 　 未 食 五 月 粽 ， 　 破
za si e lang gong　ve ziah qo qeh zang　puah

裘 不 通 放 。 　 台 灣 四 面 倚 海 ， 　 是
hiu m tang bang　dai wan si vin wa hai　si

海 洋 性 的 氣 侯 ， 　 夏 天 艙 眞 潐 。
hai yun sing e ki hau　　ha tin vue zin juah

不 却 六 七 月 起 定 定 有 風 颱 會 來 。
m gə lak cit qeh ki dian dian u hong tai e lai

下 晡 三 、 四 點 仔 ， 　 攏 會 落 西 北
e bo san　si diam ah　　long e lə sai bak

雨 。 　 秋 天 比 較 加 秋 清 ， 　 眞 多 人
ho　ciu tin bi gau kah ciu cin　　zin zue lang

惝 囡 仔 在 河 邊 放 風 吹 。 　 秋 風 若
cua qin ah di hə bin gang hong ce　　ciu hong na

起 ， 　 樹 葉 落 到 掃 艙 離 。 　 台 灣 的
ki　　ciu hioh lak gah sau vue li　　dai wan e

寒 天 北 部 受 東 北 季 風 的 影 響 ，
guan tin bak bo siu dang bak gui hong e ing hiong

天氣定定烏陰有雨，　一半擺仔
tin ki dian dian o im u ho　zit buan bai ah

較懸的合歡山抑是玉山，　寒流
kah guan e hap huan suan ah si qiok san　han liu

若到都會落雪，一般是獪真寒。
na gau də e ləh seh it buan si vue zin guan

總講一句：　台灣是四季分明、
zong gong zit gu　dai wan si su gui hun ming

氣侯溫暖的好所在。
ki hau un luan e hə so zai

台國語詞彙對照

(1)不却：不過。(2)是：在。(3)定定：常常。(4)都較寒：都較冷。(5)春寒雨若濺，多寒叫苦旱：春天一下毛毛雨就冷，多天一冷就乾旱。(6)倚海：靠海。(7)五月節粽：端午節的習慣是吃粽子。(8)古早時：古時候。(9)未食：還沒吃。(10)破裘：破棉襖。(11)不通放：不要收起來。(12)獪真溽：不會很悶熱。(13)秋清：涼快，正字峭凊。(14)㧬囝仔：帶孩子。(15)風吹：風箏。(16)掃獪離：掃不完。(17)一半擺仔：偶而一兩次。(18)較懸：較高。(19)抑是：或是。(20)西北雨：正字夕暴雨。

其他天文地理詞句

(1) 日頭　　　　　：太陽。　　(2) 月娘　　　　　：月亮。
　　lit　tau

　　qeh　niu

(3) 起風　　　　　：刮風。　　(4) 陳雷　　　　　：打雷，有人
　　ki　hong

　　dan　lui　　　　　寫瞋雷。

(5) 爍爁　　　　　：閃電。　　(6) 落霜　　　　　：下霜。
　　sih　nah

　　lə　sng

(7) 烏陰天　　　　：陰天。　　(8) 日熄　　　　　：日蝕。
　　o　im　tin

　　lit　sit

(9) 月熄　　　　　：月蝕。　　(10) 天頂　　　　　：天上、天
　　qeh　sit

　　tin　ding　　　　空。

(11) 田地　　　　　：田地。　　(12) 抛荒地　　　　：荒地。
　　can　de

　　pa　hng　de

(13) 山尾溜：山尖。　　(14) 流水　　　：海潮。
　　suan　ve　liu　　　ziam

　　lau　zui　　　　hai　diau

(15) 山坪　　　　　：山坳。　　(16) 石頭仔　　　　：小石頭。
　　suan　pian

　　zioh　tau　ah

(17) 土粉　　　　　：灰塵。　　(18) 石灰　　　　　：白灰。
　　to　hun

　　zioh　he

(19) 紅毛土　　　　：水泥。　　(20) 燒水　　　　　：熱水。
　　ang　mo　to

　　siə　zui

(21) 吸石　　　　　：吸鐵、磁　(22) 冢仔埔　　　：墳場。
ki_p　zio_h　　　　　鐵。　　　　　tiong a　bo

俗　諺

1. 二八亂穿衣。
　　li^L　ba_t^b　luan^v　cuan^L　i
　　農曆二月、八月正是多與春和夏與秋之交，季節變換，衣
　　服的穿著有的穿冬衣有的穿春衣，以及有的穿夏季服裝，
　　有的穿秋季服裝各不相同。

2. 一暝專頭路，天光無半步。
　　zi_t^b　mi^´　zuan　tau^v　lo^L　　ti_n　gng　və^v　bua_n　bo^L
　　整夜工作計劃一大堆，但到次晨，那些計劃都不去做，空
　　想不切實際。

3. 天地圓輪輪，串餓是單身。
　　ti_n　due^L　i_n^v　ling　ling　　cuan`　qə^L　si^v　dan^L　sin
　　天不會餓死人，只有懶惰的人才沒飯吃。警戒光棍偷懶。

4. 一好介一乖，無二好相排。
　　zi_t^b　hə`　ga_h　zi_t^b　qai^´　　və^v　lng^v　hə`　siə　bai
　　一好配一位差一點，沒有通通好的，喻人生沒十全十美的。

第六課　家ᴸ 庭ㄉㄥˇ 生ㄒㄥ 活ㄨㄚˊ

ga˩　ding˅ sing ua

一、起ㄎㄧ 床ㄘㄤˊ

ki　　cng´

甲：阿ㄚᴸ 明ㄇㄥˊ 較ㄍㄚㄏ 緊ㄍㄧㄣ 起ㄎㄧ 來ㄌㄞˇ。　日ㄌㄧㄊ 頭ㄊㄠˊ 曝ㄆㄚㄍ 尻ㄎㄚ 川ㄘㄤ

　　　a˩　ming´ kaₕ gin ki lai˅　　　liₜ tau´ paₖ ka cng

　　啊ㄚ！

　　　a

乙：即ㄐㄧㄊ 陣ㄗㄨㄣᴸ 幾ㄍㄨㄧ 點ㄉㄧㆰˋ 啊ㄚㄏˋ！

　　　ziₜ zun˩ gui diam` aₕ

甲：得ㄉㄧㄏ 要ㄅㆤㄏ 七ㄑㄧㄊ 點ㄉㄧㆰˋ 囉ㄌㄛㄏˋ！

　　　diₕ veₕ ciₜ diam` loₕ

乙：我ㄍㄨㄚˋ 今ㄍㄧㄣ 仔ㄚ 日ㄌㄧㄊ 是ㄒㄧˇ 八ㄅㆤㄏˋ 點ㄉㄧㆰˋ 上ㄒㄥ 班ㄅㄢ，　　却ㄍㆤㄏˋ 睏ㄎㄨㄣˇ

　　　qua` gin a　liₜ　si˅ bueₕ diam` siong´ban　　　gəₕ　kun˅

　　一ㄐㄧㄊ 下ㄝˇ 仔ㄚᴸ 猶ㄧㄠ 會ㄝˇ 赴ㄏㄨˇ。

　　　ziₜ e˅　a˩　iau e˅　hu˅

甲：即陣起來洗嘴、　洗手面、　　橡
　　zit zunˋ kiˋ laiˊ sue cuiˋ　　sue ciuˋ vinˋ　　　cingˊ

　　衫 、　食飯 ，　抵好赴八點 。
　　san　　ziah bngˋ　　du hǝˋ huˋ bueh diamˋ

乙：好 ！　我隨起來 。
　　hǝˋ　　quaˋ suiˋ kiˋ laiˊ

二、食　飯
　　ziah　　bng

甲：母仔 ！　於畫有什麼通食 ？
　　vuˋ ah　　eˋ dauˋ uˋ sim mih tangˋ ziah

乙：多囉 ！　於畫食飯配鹵卵、　鹵
　　zueˋ loh　　eˋ dauˋ ziah bngˋ peh lo lngˋ　　lo

　　肉、　　魚、　　蝦仁炒卵、　　鷄肉、
　　vah　　　hiˊ　　heˋ jinˊ ca lngˋ　　ge vah

　　菠菱仔菜及雜菜湯 。
　　be lingˊ a caiˋ gah zap caiˋ tng

甲：那會赫腥臊 ？
　　na eˋ hiah ce cau

乙：於畫着是您公仔做忌 。
　　eˋ dauˋ dǝ siˋ lin gong a zueˋ giˋ

甲：安 尔 我 十 二 點 半 以 前 着 會 轉
an　ne　qua`　zaₚ`　li`　diam buaₙ`i　zing´də`e`　dng`
來。
lai`

乙：不 好 傷 晏 噢 ！ 我 下 晡 要 去 您
m̩ᴸ　hə　siuₙᴸ　uaₙ`　oˊ　　qua`　e`　bo　veₕ　ki`　lin
姊 仔 怹 兜 看 看 咧 。
zi`　a　inᴸ　dau　kuaₙ`　kuaₙ`　leₕ

甲：好 啦 ！
hə`　laₕ`

三、洗 身 軀
sue　sinᴸ　ku

甲：阿 明 你 歸 身 軀 臭 汗 酸 ， 緊 去
aᴸ　ming´li`　gui　sinᴸ　ku　cau`　guaₙ`sng　　gin　ki
洗 身 軀 。
sue　sinᴸ　ku

乙：有 燒 水 無 ？ 我 也 要 洗 頭 。
u`　siə　zui`　və´　　qua`　ma`　veₕ　sue　tau´

甲：有 噢 ！ 洗 頭 着 用 雙 燕 牌 的 洗
uᴸ　oₕ`　　sue`　tau´　diəₕ`　iong`siang ian`　bai´　e`　sue

髮精，　頭毛洗了才會烏金柔
huat zing　　tau mng sue liau ziah e o gim jiu

軟，　洗身軀用我抵好買的美
nng　　sue sin ku iong qua du ho vue e vi

力牌的芳雪文。　面、　耳仔、
liak bai e　pang suat vun　　vin　hi ah

頷管仔、　脚手攏着洗清氣。
am gun ah　　ka ciu long diah sue cing ki

乙：我知影啦，　你免却講啊。
qua zai ian lah　　li vian goh gong ah

四、睏
kun

甲：母仔！　即陣幾點？
vu ah　zit zun gui diam

乙：已經真暗囉，　得要十一點啊，
i ging zin am loh　dih veh zap it diam ah

電視汝看，　緊去睏。
dian si tai kuan　gin ki kun

甲：你眠床先去給我整理與好，
li vin cng sing ki ga qua zin li ho ho

好 不 ？

hə̀　m̌

乙：你 食 到 赫 大 漢 仔，　　抑 親 像 囝

li̒　ziah　gah　hiah　dua̒　han̒　ah　　　　ah　cin　ciun　qin

仔，　　後 擺 你 着 愛 家 己 去 苴 與

ah　　　au̒　bai̒　li̒　diəh　ai̒　ga　gil　ki̒　cu　hoⴾ

好 勢 。

hə̀　seⴾ

甲：好 啦！　　後 擺 我 會 家 己 做 啦 。

hə̀　lah　　　au̒　bai̒　qua̒　ě　ga　gil　zə̌　lah

乙：要 蓋 被 抑 是 毯 仔 。

veh　ga̒　peⴾ　ǎ　sǐ　tan　ah

甲：信 彩 ！

cin̒　cai̒

台國語詞彙對照

(1)較緊：快一點。(2)日頭：太陽。(3)曝尻川：曬屁股。(4)即陣：現在。(5)得要：快要。(6)却睏：再睡。(7)猶會赴：還趕得上。(8)洗嘴：漱口。(9)抵好：剛好。(10)於晝；中晝：中午。(11)通食：可吃。(12)菠菱仔菜：菠菜。(13)着是：就是。(14)忌：忌日。(15)着會轉來：就會回來。(16)赫腥臊：那麼豐盛；腥：魚類；臊：肉

類。⒄不好傷晏：不要太遲。⒅下晡：下午。⒆恁兜：他們家。
⒇洗身軀：洗澡。(21)着用：要用。(22)芳雪文：香皂；雪文是由
法文 savon 音譯過來，因為肥皂是法國人發明新法製造的。(23)
頷管：頸子。(24)清氣：乾淨。(25)眠：睡覺。(26)真暗：很晚。(27)
赫大漢：那麼大。(28)抑親像：還好像。(29)苴與好：鋪好。(30)信
彩：隨您的意；信：音變，即走音。

其他詞彙

(1)早起頓：早餐。 (2)於晝頓；中晝頓：中午飯
　 zai　ki　dng

(3)暗頓；於暗頓：晚飯。 (4)起火：生火。
　 am　dng　e　　　　　　　 ki　hue

(5)清飯：剩飯。 (6)臭焦：(飯)焦了。
　 cin　bng　　　　　　　　　　 cau　da

(7)臭酸：(飯)餿了。 (8)(清)糜：(剩)涼稀飯。
　 cau　sng　　　　　　　　　　 ve

(9)飯疕；臭焦疕：鍋巴。 (10)草菜：蔬菜。
　　 pi　　　　　　　　　　　　 cau　cai

(11)油炸粿：油條。 (12)雞卵糕：蛋糕。
　 iu　za　gue　　 diau　　　　　　 gə

(13)豆油：醬油。豆醬；蔭豉：豆豉。
　 dau　iu　　　 ziu$_n$　　　　　 im　si$_n$　　　 si$_n$

(14)冰糖。 (15)鷄腹內：雞雜兒。 (16)雞肫：雞肫。
bing tng'　　　　ge⊥ ba$_k$ lai⊥　　　　　　gian⊥

(17)卵包：荷包蛋。　　　(18)皮蛋。
lng' bau　　　　　　　pi' dan'

(19)茶心：茶米、茶葉。 (20)腊腸：香腸。
de' sim　　vi` hiəh　　la' ciang'

(21)營養。 (22)點心。 (23)豆腐。 (24)豆干。 (25)罐頭。
ing' iong`　diam sim　　hu⊥　　gua$_n$　　guan` tau'

(26)捋仔：梳子。　　　(27)俄箸：拿筷子。
lua' a$_h$ᵇ　　　　　　qia' di⊥

(28)哺獪爛：嚼不爛。　(29)哽着：噎住了(吃飯)。
bo' vue' lua$_n$⊥　　　ge$_n$`

(30)歇倦：休息。　　　(31)睡加坐：打盹兒。
hiəh kun'　　　　　　du$_h$ ga⊥ ze⊥

(32)噓唏：打呵欠。　　(33)精神：(睡)醒。
ha$_h$ hi⊥　　　　　　zing⊥ sin'

(34)酣眠：說夢話。
ham'

練　習

1. 你昨晚幾點睡？

2. 你用什麼東西洗澡、洗頭？

3. 你中飯吃些什麼？

4. 你會不會做夢？

身體部位

(1)頭殼：頭腦。　(2)頭額：額頭。　(3)面色：臉色
　　tauˇ kak　　　　　　tauˇ hiah　　　　　vinˇ sek

(4)面水；生做：相貌；生相。　(5)目箍：眼圈。
　　vinˇ zui　　sin zueˇ　　　　　　　vak ko

(6)目珠仁：眼球。　　　(7)目屎：眼淚。
　　vak ziu jinˊ　　　　　　vak sai

(8)頭麩：頭皮屑。　　　(9)目眥毛：眼毛。
　　tauˊ po　　　　　　　vak ziah mngˊ

(10)目眉毛：眉毛。　　　(11)重巡：雙眼皮。
　　vak vaiˊ　　　　　　dingˇ sunˊ

(12)鼻仔：鼻子。　(13)鼻腔毛：鼻毛。　(14)嘴：嘴巴。
　　pin ah　　　　　　pinˇ kang　　　　　　cuiˇ

(15)下頦；下斗：下巴。　(16)嚨喉：喉嚨。
　　eˇ haiˊ　　dau　　　　　naˊ auˊ

(17)耳腔；耳仔：耳朵。　(18)正手：右手。
　　hi kang　　　ah　　　　zian ciu

(19)倒手：左手。 (20)腹肚：肚子。 (21)肩頭：肩膀。
　　 də　ciu　　　　　　　　bak　do　　　　　　　ging

(22)尻川：屁股。　　　　　(23)心肝(頭)：心。
　　 ka　cng　　　　　　　　　sim　guan

(24)胸坎；胸頭：胸脯。　　(25)肚臍。
　　 hing kam　　tau　　　　　　do　zai

(26)(腳頭)骭：膝蓋。　　　(27)腳骨：腳。
　　　　　　 u　　　　　　　　　ka　gut

(28)骨肉，心血，心情，面子，感覺，
　　 gut jiak　sim hiat　sim zing　vin zu　gam gak
　　青春，胆量，歲壽：壽命，性格。
　　 cing cun　dam liong　he siu　　mia　sing geh

五、掃地
　　 sau　　de

甲：阿明仔土腳垃圾佫安尔，　　俄
　　 a ming ah to ka la sap gau an nih　　qia
　　掃帚掃掃咧。
　　 sau ciu sau sau leh
乙：稍等一下，　我即陣真無閒。
　　 sia dan zit e　　qua zit zun zin və ing

甲：每擺叫你做代志，　　你攏講無
　　mui bai` giə_h li zə` dai zi`　　　li long gong və`

　　閒，　　你在無閒啥貨？
　　ing´　　li di və` ing´ sa_n he`

乙：我連鞭去做啦。
　　qua` lian bi_n ki zə` la_h`

乙：母仔，　　糞斗弄是底位？
　　vu` a_h`　　bun` dau` kng` di_ də ui_

甲：啊！　　迄日我掃去茨尾頂，　　煞
　　a_h　　　hi_t li_t que` te_h ki cu` ve ding`　　suo_h

　　未記下掃落來。
　　vue` gi e te_h lə_ lai_h`

乙：無要緊，　　我來去掃。
　　və` iau` gin`　　qua` lai` ki te_h

甲：你去茨尾頂，　　彼的花順續沃
　　li` ki cu` ve ding`　　hia e` hue sun suo_h a_k

　　沃咧！
　　a_k` le_h`

乙：好啦！
　　lə` la_h`

台國語詞彙對照

(1)土脚：地上。(2)垃圾：骯髒。(3)俄：舉，拿。是：在之正字。佫：到之正字。(4)眞無閒：沒空。(5)代志：事情。(6)連鞭：馬上。(7)弄：放，藏。(8)茨尾頂：屋頂陽台。(9)彼的：那裡的。(10)順續：順便。(11)煞：意料之外地。

練　習

1. 地上髒要拿什麼東西掃？
2. 小明立即照做了麼？
3. 糞斗放在那裡？
4. 屋頂上有什麼事可做？

其他詞彙

(1)房間。(2)地板。(3)柱仔：柱子。(4)廳。
　　bang ging　　　de ban　　　tiau aₕ　　　tiaₙ

(5)窗仔：窗子。(6)樓梯。(7)稻庭：曬稻穀地方
　　tang aₕ　　　　　　lau tui　　　diu diaₙ

(8)正身：正房。(9)護龍：廂房。(10)地基。
　　ziaₙ sin　　　　　　ho ling　　　　　de gi

(11)戶ㄏㄛˇ 磴ㄉㄧㄥˋ：門坎兒。　(12)蚊ㄨㄤ 罩ㄉㄚˇ：蚊帳。　(13)被ㄆㄜˇ 單ㄉㄨㄚ。

　　ho˅　ding˪　　　　　　　vang　da˅　　　　　pe˅　dua_n

(14)棉ㄇㄧ 績ㄐㄧㄜˊ 被ㄆㄜˋ：棉ㄇㄧˇ 被ㄆㄨㄝˋ。　(15)床ㄊㄥ 巾ㄍㄨㄣ。　(16)草ㄘㄠ 蓆ㄑㄧㄜㄏ。

　　mi˅　$ziə_h$　pe˪　　mi˅　pue˪　　　　cng˅　gun　　　cau　$ciə_h$

(17)屎ㄙㄞ 桶ㄊㄤˋ。　(18)涼ㄌㄧㄤˇ 蓆ㄑㄧㄜㄏ。　(19)椅－ 仔ㄚˋ：椅子。

　　sai　tang`　　　liang˅　$ciə_h$　　　　　i　　$a_h$`

(20)電ㄉㄧㄢˇ 火ㄏㄨㄝˋ：電燈。　(21)水ㄗㄨㄧ 道ㄉㄜˇ 頭ㄊㄠˊ：水龍頭。

　　dian˅　hue`　　　　　　　cui　do˅　tau´

(22)刀ㄉㄜ 砧ㄉㄧㄚㄇ：肉墩子。　(23)灶ㄗㄠˋ 腳ㄎㄚ：廚房。

　　də˪　diam　　　　　　　　zau`　ka

第七課　買菜及果子
vue　cai˅　ga_h　ge　zi`

一、買菜
vue　cai˅

甲：阿姆`，　你˅要買啥物？
　　a　m`　　li`　ve_h　vue　sa_n　mi_h

乙：我要買菜頭、　白菜、　高麗菜
　　qua`　ve_h　vue　cai`　tau´　　be˅　cai˅　　gə　le˅　cai˅

　　及臭柿仔。
　　ga_h　cau`　ki´　a_h

甲：一項買賴多？
　　zi_t`　hang∟vue　lua˅　zue∟

乙：一項買一斤。
　　zi_t`　hang∟vue　zi_t`　gun

甲：阿姆`，菜頭一斤十元，白菜十
　　a　m`　　cai`　tau´　zi_t`　gun　za_p`　ko　　be˅　cai˅　za_p`

五元，　　高麗菜十二元，　　臭柿
qo˅ ko　　gə le˅ cai˅ za$_p$ li˅ ko　　cauˋ ki´

仔較貴二十元，　　攏總五十七
a$_h$ ka$_h$ gui˅ li˅ za$_p$ ko　　long zongˋ qo˅ za$_p$ ci$_t$

元。
ko

乙：好，　　錢與你。
həˋ　　zi$_n$´ ho$_L$ li$_L$

甲：揥與好，　　勻仔行。
te˅ ho$_L$ həˋ　　wun a gia$_n$´

二、買果子
vue gue ziˋ

甲：借問下楊桃一粒賴多？
ziə$_h$ vng$_L$ e$_h$ iu$_n$´ tə´ zi$_t$ lia$_p$ lua´ zue$_L$

乙：一粒十元銀。
zi$_t$ lia$_p$ za$_p$ ko qun´

甲：抑非西瓜及弓蕉安怎算？
a$_h$ he si$_L$ gue ga$_h$ ging$_L$ ziə an zua$_n$ sng˅

乙：西瓜一斤十五元，　　弓蕉一斤
si$_L$ gue zi$_t$ gin za$_p$ qo˅ ko　　ging$_L$ ziə zi$_t$ gin

二十元 。
li za(p) ko

甲：請你給我揀一粒較紅令西瓜。
cian li ga qua ging zi(t) lia(p) ka(h) ang e si(t) gue

及一枇較好的弓蕉，　我要送
ka(h) zi(t) bi ka(h) hə e ging ziə　qua ve(h) sang

朋友。
bing yiu

乙：好，請放心，我揀好令與你。
hə cian hong sim qua ging hə e hoL li

台國語詞彙對照

(1)阿姆：伯母。(2)啥物：什麼東西。(3)菜頭：蘿蔔。(4)臭柿仔：蕃茄。(5)賴多：多少。(6)攏總：總共。(7)揅與好：拿好。(8)勻仔行：慢慢走。(9)抑非：還有那。(10)弓蕉：香蕉。(11)一枇：一串。(12)揀：撿，選。(13)果子：水果。(14)安怎：怎麼。

練　習

1.你要買什麼蔬菜？

2.蕃茄一斤多少錢？

3. 你要買什麼水果？

4. 你買水果送給誰？

其他蔬菜水果

(1)荔ㄌㄞˇ枝ㄐㄧ (2)龍ㄌㄥˇ眼ㄍㄥˋ：桂ㄍㄨㄧ圓ㄨㄢˊ。 (3)檨ㄙㄨㄞˊ仔ㄚㄏ：芒ㄨㄤˇ果ㄍㄜˋ

　　lai$_n$ˇ zi 　　　ling ˇ qing ˋ gui ˋ uan ´ 　　　suai$_n$ ˇ a$_h$ ˙ 　　vang ˇ gə ˋ

(4)柑ㄍㄢˊ仔ㄚㄏ：橘子。 　　　(5)梨ㄌㄞˊ仔ㄚㄏ：梨子。

　　gam ´ a$_h$ ˙ 　　　　　　　　　lai ´ a$_h$ ˙

(6)柳ㄌㄨ丁ㄌㄥ：柳橙(正字紐橙)。 (7)芭ㄅㄜˋ樂ㄌㄚˋ：番石榴。

　　liu ding 　　　　　　　　　　 ba ˋ la ˋ

(8)菜ㄘㄞˋ瓜ㄍㄨㄝ：絲瓜。 　　 (9)番ㄏㄨㄢˊ薑ㄍㄧㄨ：辣椒。

　　cai ˋ gue 　　　　　　　　　　 huan ˊ giu$_n$

(10)土ㄊㄜˇ豆ㄉㄠ：花生。 　　　(11)刺ㄘㄧˋ瓜ㄍㄨㄝ：黃瓜。

　　to ˇ dau 　　　　　　　　　　　ci ˋ gue

(12)菠ㄅㄜˋ菱ㄌㄥˊ仔ㄚ菜ㄘㄞˇ：菠菜。(13)金ㄍㄧㄇ瓜ㄍㄨㄝ：南瓜。

　　be ˋ ling ´ a cai ˇ 　　　　　　gim ˋ gue

第八課　買　日用品

vue　li_t　yong ˇpin ˋ

甲：李先生，你要去何位？

　　li ˋ　sian ˪　si_n ˫　li ˋ　ve_h　ki　də　ui ˪　？

乙：我要去附近即間百貨公司買

　　qua ˋ　ve_h　ki　hu ˋ　gun ˪　zi_t　ging ˪　ba_h　he ˋ　gong ˪　si　vue

　　物件。

　　mi ˇ　gia_n ˫

甲：你想要買啥貨？

　　li ˋ　siu_n ˇ　ve_h　vue　sa_n　he ˫

乙：買一包洗衫粉，　　兩支齒膏，

　　vue　zi_t　bau　sue ˋ　sa_n　hun ˋ　　　lng ˪　gi ˪　ki　gə

　　三條面巾及幾塊仔芳雪文。

　　sa_n　diau ˇ　vin ˇ　gun　ga_h　gui　de ˋ　a　pang ˪　sua_t　vun ˇ

甲：我要去文具店買一支鉸刀，

　　qua ˋ　ve_h　ki　vun ˇ　gu ˋ　diam ˇ vue　zi_t　gi ˪　ga　də

一支　削鉛筆的刀仔，　　四本簿
zi̱t　gi　siaʰ　yen　bi̱t　e　də　aʰ　　si　bun　po

仔，　　半打鉛筆及一可批囊。
aʰ　　　buan　daₙ　yen　bi̱t　gaʰ　zi̱t　gua　pueᴸ　long

乙：鉛筆有心買着買一打，　　批囊
　　yen　bi̱t　u　sim　vue　də　vue　zi̱t　daₙ　　　pueᴸ　long

加買淡薄仔，　　較省定定買。
ge　vue　dam　boʰ　a　　　kaʰ　sing　diaₙᴸ　diaₙᴸ　vue

甲：着，我要坐迄隻車去市內買。
　　diəʰ　　qua　veʰ　ze　hi̱t　ziaʰ　cia　ki　ci　laiᴸ　vue

台國語詞彙對照

(1)物件：東西；物品。(2)芳雪文：香皂。(3)鉸刀：剪刀。(4)
一可：一些。(5)批囊：信封。(6)淡薄仔：一些。(7)定定：常
常。

相關詞彙

(1)紙　　(2)原子筆　　(3)鋼筆　　(4)大頭針
　　zua　　　quan　zu　bi̱t　　gng　bi̱t　　　dua　tau　ziam

(5)毛筆　　(6)墨水　　(7)墨盤：硯台　　(8)墨
　　mo　bi̱t　　vaₖ　zui　　vaₖ　buaₙ　　　　　vaₖ

(9)計算機　　(10)印色　　(12)滾水罐：熱水瓶
　　ge` sng` gi　　in` se<sub>k</sub>`　　gun` zui guan˘

(12)刀仔：刀子　　(13)臭丸˘：樟腦丸˘
　　də a_h`　　　　cau` uan´ ziu_n no uan´

(14)鈕仔：扣子　　(15)玻璃˘　　(16)鏡˘：鏡子
　　liu a_h`　　　　bo le`　　gia_n˘

(17)電視機　　(18)牆´，壁˙　　(19)電線˙
　　dian˘ si˙ gi　　ciu_n´ bia_h`　　dian˘ sua_n˙

(20)電話機　　(21)電風：電扇　　(22)手電：手電筒
　　dian˘ ua˘ gi　　dian˘ hong　　ciu dian˙

(23)鋸仔：鋸子　　(24)機˙車　　(25)計程車
　　gu a_h`　　gi˙ cia　　ge<sub>h</sub>` ding˘ cia

(26)自用車　　(27)腳踏車
　　zu˘ iong˘ cia　　ka da˘ cia

第九課　在百貨公司

diˇ　baˋ　heˋ　gong˪ si

甲：請問你要買啥貨？

cia$_n$ˋ mng˪ liˋ ve$_h$ vue sa$_n$ˋ heˇ

乙：我要買一領襯衫。

quaˋ ve$_h$ vue zi$_t^b$ lia$_n$ cinˋ sa$_n$

甲：你要若大的，及什麼色的？

liˋ ve$_h$ luaˇ dua˪ e˪ ga$_h$ sim mi$_h$ se$_k^b$ eˇ

乙：大號的及白色的。

dua˪ hə˪ e˪ ga$_h$ be$_h$ se$_k^b$ eˇ

甲：即領新出品的型體真好看。

zi$_t$ lia$_n$ sin˪ cu$_t$ pinˋ eˇ hingˇ te$_h$ zin˪ hə kua$_n$ˇ

乙：這一領若多錢？

ze zi$_t^b$ lia$_n$ˋ luaˇ zueˇ zi$_n$ˊ

甲：一領五百八十元。

zi$_t^b$ lia$_n$ˋ qoˇ ba$_h$ bue$_h$ za$_p^b$ ko

乙：傷_{丁ㄥ} 貴_{《ㄨ丶} 啦_{ㄌㄚ丶}，　有_{ㄨˇ} 較_{ㄎㄚˋ} 俗_{丁ㄛㄢ}的_{ㄝˋ} 無_{《ㄜˇ} ？

siu_n^L gui^v la_h^b　　u^v　ka_h　sio_k　e^v　və^v

甲：即_{ㄐㄠ丶}種_{丁ㄛ} 俗_{丁ㄛㄢ}更_{《ㄜㄥˋ} 好_{ㄏㄜˋ} 看_{ㄎㄨㄢˇ}，　一_{ㄐㄠ丶}領_{ㄌ一ㄢ} 三_{ㄙㄢ} 百_{ㄅㄚ丶} 元_{《ㄛ}

zi_t　ziong^v sio_k gə_h　hə^{`</sup>　kua<sub>n</sub><sup>v</sup>　　zi<sub>t</sub><sup>b</sup>　lia<sub>n</sub><sup>`}　sa_n　ba_h　ko

着_{ㄉㄜˋ} 好_{ㄏㄜˋ} 。

də^v　hə[`]

乙：好_{ㄏㄜˋ} ，　我_{《ㄨㄚ丶}買_{ㄅㄨㄝ丶} 二_{ㄌㄥ丶} 領_{ㄌ一ㄢ} 。

hə[`]　　　qua^v vue　lng^v lia_n^v

台國語詞彙對照

(1)若大：多大；若正字賴。(2)型體：型式。(3)傷貴：太貴。
(4)俗：便宜。(5)的：正字維或令。(6)較：正字加。(7)這：正字之。(8)更：正字却。(9)元：正字箍。

相關詞彙

(1)西_{ㄙㄝL} 裝_{ㄗㄛ} 一_{ㄐㄠ丶}軀_{ㄙㄨ} ：西裝一套_{ㄊㄜˇ}　(2)褲_{ㄎㄛˇ} ：褲子。
se^L zong zi_t^b su　　　　　tə^v　　　ko^v

(3)內_{ㄌㄞL} 褲_{ㄎㄛˇ}　(4)外_{《ㄨㄚ}套_{ㄊㄜˇ}　(5)外_{《ㄨㄚ} 衫_{ㄙㄢ}　(6)褲_{ㄎㄛˇ} 帶_{ㄉㄨㄚ}
lai^L ko^v　　　qua^v tə^v　　　qua^v sa_n　　　ko[`] dua

(7)袜_{ㄅㄨㄝ丶} 仔_{ㄚㄏ丶} ：襪子　(8)鞋_{ㄨㄝ丶} ：鞋子　　(9)淺_{ㄑㄢ} 拖_{ㄊㄠ} ：拖鞋
ve^v　a_h^b　　　　　　　ue^v　　　　　cian tau

(10)枕ㄐㄇ 頭ㄊㄠˊ　(11)眠ㄅㄣˋ 床ㄊㄤˊ：床　(12)被ㄆㄝˋ：被子

　　zim tauˊ 　　　 vinˇ cngˊ 　　　　　 peˋ

(13)床ㄊㄤˇ 巾ㄍㄣ　(14)手ㄑㄨ 巾ㄍㄣ：面巾　(15)手ㄑㄨ 巾ㄍㄣˊ 仔ㄚˋ：手帕

　　cngˇ gin 　　　 ciu gin 　　　　　　 ciu ginˊ aₕˋ

第十課　賞花

siu_n　hue

甲：禮拜日要去何位較好？
　　le bai` li_t ve_h ki də ui` ka_h hə`

乙：即陣陽明山花當開，　伯來去
　　zi_t zun` iong´ ming´ san hue dng` kui　lan` lai´ ki
　　彼啥款？
　　hia sa_n kuan`

甲：好啊！　要坐什麼車較妥當？
　　hə` a`　　ve_h ze` sim mi_h cia ka_h tə` dong`

乙：較晏的時陣，　車眞多，　攏會
　　ka_h wa_n e` si` zun`　　cia zin` zue`　　long e`
　　塞車，　我想較早的，　六點外
　　ta_t cia　　qua` siu_n ka_h za` e　　la_k` diam` qua´
　　仔坐公車去較朗。
　　a_h` ze` gong cia ki` ka_h lang

…………………………………………

甲：噎！　你看彼，　　梅仔花開到白
　　　eₕ　　　　li kauₙ hia　　mui a　hue kui ga be

　　雪雪，　　　滿山紅開到紅葩葩。
　　suaₜ suaₜ　　mua suaₙ ang kui ga ang paᴸ paᴸ

乙：我亦鼻着芳貢貢的玉蘭花。
　　qua ia pi piₙᴸ diəₕ pang gong gong e qiokᴸ lan hue

甲：今日更好天，　　四界的山色青
　　qiaₙ liₜ gəₕ hə tiₙ　si gue e suaₙ sekᴸ ciₙ

　　蘢蘢，　　實在有夠讚。
　　ling ling　　siₜᴸ zaiᴸ u gau zan

乙：人講要移民去外國，　　實在不
　　lang gong veₕ i min ki qua gokᴸ　siₜᴸ zaiᴸ mᴸ

　　識台灣即个寶島
　　baₜ dai wan ziₜ eᴸ bə də

甲：着是安尔講啊！
　　dəᴸ si an ne gong aᴸ

台國語詞彙對照

(1)啥款：怎麼樣。(2)較晏：較遲。(3)白雪雪：白的像雪。(4)

紅葩葩：全部都紅。(5)鼻着：聞到。(6)芳貢貢：香噴噴。(7)

四界：到處。(8)青蘢蘢：綠油油。(9)較朗：較有空位。(10)何：

正字底。⑾到：正字佫。

練　習

1. 陽明山在什麼時陣有花季？
2. 一日的什麼時間去陽明山較好？
3. 陽明山攏開什麼花？
4. 陽明山的景色啥款？
5. 恁是準備什麼時陣要去陽明山？

相關詞句

(1) 含笑（花）　　(2) 茉莉（花）　　(3) 茶花　　(4) 臭
　　ham˅ siau˅ hue　　mo˩ li˩　　　　de˩ hue　　　cau˅

(5) 玉蘭（花）　　(6) 鷄冠（花）　　(7) 花猫猫
　　qiok˩ lan´　　　gue geˋ　　　　hue˩ niau niau

(8) 桂花　　　　　(9) 鷹爪桃
　　guiˋ hue　　　　ing niuˋ tə´

第十一課　給醫生看

ho^ㄥ　i　sing　kua_n

甲：母仔ㄚ，　　小輝簡若寒着的款，
　　vu　a_h　　siə hui gan na gua_n diə_h e kuan
　　頭額成燒。（電話中）
　　tau hia_h zia_n siə

乙：近近仔尔尔，　　你焄伊來給我
　　gin gin a na nia　li cua i lai ho qua
　　看咧！
　　kua_n le_h

甲：好！　　我即陣隨時焄倒轉去。
　　hə　　qua zi_t zun sui si cua də dong ki_h

………………………………………

甲：啊！　文英仔ㄚ，小輝正實成燒，
　　a　　vun ing a　siə hui zia_n si_t zia_n siə
　　伯緊轇陣焄伊來給醫生看。
　　lan gin dau din_t zua i lai ho i sing kua_n

乙：何 一 間 病 院 較 好？
　　də　zit　ging　bin　in　kah　hə

甲：因 仔 頭 燒 耳 熱 攏 着 愛 注 意，
　　qin　ah　tau　siə　hi　juah　long　diəh　ai　zu　i
　　您 小 弟 細 漢 的 時，　　頭 起 先 給
　　lin　siə　di　sue　han　e　si　　　tau　ki　sing　ho
　　一 个 莊 腳 的 王 祿 仔 仙 看，　　代
　　zit　e　zng　ka　e　ong　lok　a　sian　kuan　　dai
　　誌 舞 到 賴 費 氣 咧。
　　zi　vu　ga　luah　hui　ki　leh

乙：安 爾 着 愛 找 大 間 病 院 較 安 心。
　　an　ni　diəh　ai　ce　dau　ging　bin　in　kah　an　sim

甲：着 是 安 爾 講 啊！
　　də　si　an　ne　gong　a

台國語詞彙對照

(1)簡若：好像，似乎。(2)寒着：感冒。(3)成燒：很熱。(4)近
近仔：很近。(5)爾爾：而已。(6)乑：帶；此字是象形兼會意，
像母雞帶四隻小雞。(7)因仔：正字人兒。(8)倒轉：回去。(9)
給：正字與。到：正字佫。(10)緊轉陣：趕緊一起。(11)給醫生
看：看醫生。(12)病院：醫院。(13)頭燒耳熱：生病。(14)頭起先：

最初。⒂莊腳：鄉下。⒃王祿仔仙：（江湖）郎中。⒄代誌：
事情。⒅舞到：弄得。⒆賴費氣：很麻煩．⒇大間病院：大
醫院。㉑正實：確實。㉒着愛：必須。

其他相關詞彙

(1)破病：生病。
　　pua` bi$_n$∟

(2)發燒：發熱。
　　hua$_t$ siə

(3)落屎：瀉肚。
　　lau` sai`

(4)畏寒：畏冷。
　　ui` gua$_n$´

(5)着痧：中暑。
　　diə$_h$ sua

(6)頭眩：頭暈。
　　tauˇ hin´

(7)墜腸：疝氣。
　　duiˇ diong´

(8)出癖：出麻疹。
　　cu$_t$ pia$_h$

(9)氣力：力氣。
　　kui` la$_t$

(10)種珠：種牛痘。
　　zing` zu

(11)神經：神經病。
　　sin∟ ging

(12)堅疕：結疤。
　　gian∟ pi`

(13)合藥：配藥。
　　ga$_p$ iə$_h$

(14)退火：去火。
　　tue` he`

(15)掠龍：按摩。
　　lia$_h$ ling´

練　習

1. 小輝生什麼病？
2. 文英恁老母有滯轅陣无？
3. 小輝準備到什麼款的醫院？
4. 文英的小弟細漢時有什麼遭遇？
　　　　　　　　　　　　　　zə˪　gu˪

　　　醫˪ 療ㄌㄠˊ 衛ㄨㄝ˪ 生ㄒㄧㄥ
　　　i˪　 liau´　ue˪　sing

(1) 病ㄅㄧˋ 床ㄊㄥˊ　　(2) 病ㄅㄧˋ 房ㄅㄤˊ　　(3) 照ㄐㄧㄛˋ 電ㄉㄧˋ 光ㄍㄥ : 照 X 光。
　　bi_n˪ sng´　　　　 bi_n˪ bang´　　　 ziə_h dian´ gong

(4) 護ㄏㆦ˪ 士ㄙㄨ˪　　(5) 手ㄑㄧㄨ 術ㄙㄨㄊ　　(6) 觀ㄍㄥ 察ㄘㄚㄊ 室ㄙㆤㄎ˪ (7) 手ㄑㄧㄨ 術ㄙㄨㄊ 室ㄙㆤㄎ˪
　　ho˪ su˪　　　　 ciu su_t　　　　 guan ca_t se_k　　 ciu su_t se_k

(8) 內ㄌㄞˋ 科ㄎㄜ　　(9) 外ㄍㄨㄚˋ 科ㄎㄜ　　(10) 小ㄒㄧㄜ 兒ㄌㄧˋ 科ㄎㄜ (11) 婦ㄏㄨ˪ 產ㄙㄢˋ 科ㄎㄜ
　　lai´ kə　　　　 qua´ kə　　　　 siə li´ kə　　　 hu˪ san` kə

(12) 復ㄏㆦㄎˋ 健ㄍㄧㄢˋ 科ㄎㄜ　(13) 耳ㄏㄧˋ 鼻ㄅㄧˋ 科ㄎㄜ　(14) 精ㄐㄧㄥ 神ㄒㄧㄣˋ 科ㄎㄜ
　　ho_k` gian` kə　　　 hi´ pi_n´ kə　　　 zing sin´ kə

(15) 檢ㄍㄧㄢˋ 驗ㄍㄧㄢˋ 室ㄙㆤㄎˋ　(16) 加ㄍㄚ 護ㄏㆦˋ 病ㄅㄧˋ 房ㄅㄤˊ　(17) 風ㄏㄥ 濕ㄒㄧㄨ 症ㄐㄧㄥˋ
　　giam˪ qiam˪ se_k`　　　 ga ho´ bi_n˪ bang´　　 hong si_p zing`

(18) 關ㄍㄨㄢ 節ㄗㄚㄊ 炎ㄧㄚㆬ˪
　　guan za_t iam˪

第十二課　台灣四百年

dai wan si ba ni

來的簡史

lai e gan su

　　台灣自從公元一六二四年到一六六二年，給荷蘭人統治南台灣；西班牙人對公元一六二六年到一六四一年統治北台灣，後來給荷蘭人拍敗；鄭成功在公元一六六一年拍敗荷蘭人了後，經過三代，到公元一六八三年給清朝所滅；清國自公元一六八三年到一八九五年，共計長期統治台灣二百十二年；清日戰爭，清國戰敗，公元一八九五年割台灣給日本；到公元一九四五年，日本統治台灣五十年較加，日本在第二次世界大戰戰輸，台灣回轉中華民國。

注　音

dai˘ uan´ zu˘ ziong´ gong^L quan´ i$_t$ lio$_k$ li˘ su` ni´ gau` i$_t$ lio$_k$ lio$_k$ li˘ ni´, ho^L hə˘ lan˘ lang´ tong di^L nam˘ dai˘ uan´; se bang qa˘ lan´ dui` gong$^L$ quan´ i$_t$ lio$_k$ li˘ lio$_k^b$ ni´ gau` i$_t$ lio$_k$ su` i$_t$ ni´ tong di$^L$ ba$_k$ dai˘ uan´, au˘ lai´ ho$^L$ hə˘ lan˘ lang´ pa$_h$ bai$^L$; di$_n$˘ sing´ gong di˘ gong quan´ i$_t$ lio$_k$ lio$_k^b$ i$_t$ ni´ pa$_h$ bai$^L$ hə˘ lan˘ lang´ liau au$^L$, ging$^L$ ge` sa$_n$ dai^L, gau` gong$^L$ quan´ i$_t$ lio$_k$ ba$_k$ sam$^L$ ni´ ho˘ cing diau´ sə vet$_t$; cing go$_k^b$ zu˘ gong$^L$ quan´ i$_t$ lio$_k$ ba$_t$ sam$^L$ ni´ gau` i$_t$ ba$_t$ giu` qo$_n$ ni´, giong˘ ge˘ dng˘ gi´ tong di$^L$ dai˘ uan´ lng˘ ba$_h$ za$_p^b$ li˘ ni´; cing ji$_t^b$ zien` zing, cing^L go$_k^b$ zien` bai$^L$, gong$^L$ quan´ i$_t$ ba$_t$ qiu` qo$_n$ ni´ gua` dai˘ uan´ ho$^L$ ji$_t$ bun`; gau` gong$^L$ quan´ i$_t$ giu` su` qo$_n$ ni´, ji$_t^b$ bun` tong di^L dai˘ uan´ qo˘ za$_p^b$ ni´ ka$_h$ ge, ji$_t^b$ bun` di´ de˘ li˘ cu˘ se` gai` dai˘ zien˘ zien` su, dai˘ uan´ hue˘ dng` diong hua´ ving˘ go$_k^b$。

台國語詞彙對照

對：從。　　拍敗：打敗。　　較加：多一點。　　回轉：回到。

問　題

1. 鄭成功是何一朝代的人？

   di_n sing˘ gong si˘ də zi_tˡ diau˘ dai˪ e˘ lang´？

2. 西班牙在台灣有什麼留下來？

   se ban qa´ di˘ dai˘ wan´ u˘ sim mi_h lau´ lə˘ lai˘？

3. 荷蘭人在台灣有什麼留下來？

   hə˘ lan˘ lang´ di˘ dai˘ wan´ u˘ sim mi_h lau´ lə˘ lai˘？

4. 清朝爲什麼禁止渡台？

   cing˪ diau´ ui˘ sim mi_h gim` zi` do˘ dai´？

5. 日本統治台灣，在島內發生過什麼重大事件？

   ji_tˡ bun` tong di˪ dai˘ wan´, di˘ də lai˪ hua_t sing˪ ge_h sim mi_h diong˘ dai˪

   su˘ gia_n˪？

一 伊是明朝人；因爲伊根本都无

   i_tˡ　si˘　ming˘ diau´ lang´　　ing ui˘　i_tˡ　gun bun` də　və˘

   給清朝管着。

   ho˪　cing˪ diau´ guan´ dio_hˡ

二 三貂角（Sandiago）地名。

   san　diau˪ ga_kˡ　　　　　　　de˘　mia´

三 上主要是面積的單位"甲"抑有

   siong˘zu　iau˘　si˘　vin˪ zi_k　e˘　dan˪ ui˪　　ga_hˡ　a_h　u˪

地號名 "紅毛港、紅毛城" 等。
de˪ hə˪ mia´ ang´ mo˘ gang˪ ang´ mng˘ sia_n´ ding˪

四 驚人反清復明。
gia_n lang˘ huan cing ho_k' ming´

五 霧社事件及嚓吧哖事件。
vu˘ sia˪ su˘ gia_n˪ ga_h da ba ni˘ su˘ gia_n˪

第三章　益智篇

一、七字仔及兩首古詩

一七字仔

ci₍ₜ₎　li²　aₕᵇ

(一)屏　東　恆　春　曲　思　雙　居

bin˅　dong　hing˅　cun²　keₖᵇ　su˅　siang²　gi

大　山　初　霞　天　要　光　，
dua˅　suaₙ　cə²　ha˅　tiₙ　ve　gng

鴨　母　翻　稠　要　生　卵　，
aₕᵇ　və`　huan²　diau˅　veₕᵇ　siₙ　lng²

阿　娘　開　門　給　君　轉　，
a　niu˅　kui　mng˅　ho²　gun　dng`

手　摸　門　鎖　心　頭　酸　。
ciu`　mo　mng˅　sə`　sim　tau˅　sng

注：稠：正字滌，屋或舍之意。要：正字每。

> 其意：大山初霞天將亮，
> 　　　母鴨翻巢要生蛋，
> 　　　妻子開門讓夫返，
> 　　　手模門鎖心頭酸。

含意：丈夫一夜未歸，妻子整夜失眠，看到一絲曦光從山上越過，天都快亮了，走到鴨巢，看見母鴨翻動鴨巢準備生蛋。趕快開門出去看看丈夫是不是已回路上，很失望的不見人影，隱忍的一股悲傷湧向心頭。

㈡孝ㄏㄠˋ 囝ㄍㄢ 孫ㄙㄨㄣ
hau` gia~n sun

> 儉ㄎㄧㄢˇ 食ㄐㄧㄚ 忍ㄌㄨㄣ 寒ㄍㄨㄢˋ 苦ㄎㄜ 憐ㄌㄧㄣˇ 大ㄉㄞˋ，
> kiam^v zia_h lun` gua~n` ko lin^v dai^L
> 儉ㄎㄧㄢˇ 寡ㄍㄨㄚ 給ㄏㄜˇ 囝ㄍㄢ 兒ㄌㄧ 孫ㄙㄨㄣ 開ㄎㄞ，
> kiam^v gua ho^v gia~n li^v sun kai
> 煙ㄧㄢ 花ㄏㄨㄚ 代ㄉㄞˋ 誌ㄐㄧ 攏ㄌㄨㄥ 无ㄨㄜˇ 想ㄒㄧㄨ，
> ian hua dai^L zi^v long və^v siu~n^L
> 願ㄍㄨㄢˇ 心ㄒㄧㄇ 食ㄐㄧㄚ 齋ㄗㄞ 燒ㄒㄧㄜˋ 好ㄏㄜˋ 香ㄏㄧㄨ 。
> quan^v sim zia_h^L zai siə^L hə` hiu~n

其意：省吃省穿很可憐，省一些給兒孫花，歡場中的事
　　　都不敢想，一心只想吃齋唸佛。

(三) 思春
su　　　cun

房間无伴暗沈沈，
bang ging və puan am dim dim
親像山內聽鳥音，
cin ciu suan lai tian ziau im
倒落眠床目金金，　　目金金：睡不着不
də lə vin cng vak gim gim 　　　能合眼。
心肝宛然彈月琴。
sim guan uan lian duan qeh kim

其意：在昏暗的房裡一個人獨坐，如像在深山聽鳥聲，
　　　多麼孤寂呀，睡也睡不着，內心宛如哀怨地彈着
　　　月琴。

(四) 七字仔

1. 牡丹花開笑微微，　　　　　　　　笑微微：很開心。
vo dan hue kui cioh vi vi

娘仔生婿真標緻，　　　　　　　　婿：正字秀。
niu ah sin sui zin biau di

害我瞑日病相思，　　　　　　　　瞑日：日夜。
hai qua mi lit bin siun si

想要合你結連理。　　　　　　　　妳生得很美，害我日夜
siun veh gah li get lian li　　　　　都在想妳，想與妳結爲

　　　　　　　　　　　　　　　　夫妻。

2. 猛虎滯在房間內，
ving ho duah di bang ging lai

半瞑展威无人知，　　　　　　　　猛虎：喻潑婦。
buan mi dian ui və lang zai

阿君驚到心肝否，　　　　　　　　心肝否：心裡害怕。
a gun gian gau sim guan pai

酣眠不時喝虎來。　　　　　　　　酣眠：作惡夢。
ham vin but si huah ho lai　　　　　喝：呼叫。

3. 四更 想 妹 多 風 到 ，
si`  gi_n  siu_n` mue^L dang hong gau`

腳 酸 手 軟 半 暝 後 ，
ka sng ciu`  lng` bua_n`  mi` au^L

身 邊 无 妹 強 要 哮 ，　　　強要哮：想要哭。
sin bi_n və`  mue^L  giong`ve_h hau`

妹 妹 你 在 啥 人 兜 。　　　啥人兜：那裡。
mue^L mue^L li`  di` sa_n` lang´ dau

4. 一 暝 獪 睏 半 撐 倒 ，　　　獪睏：睡不着。
zi_t`  mi_n´  vue´  kun` bua_n`  te^L  də`　　半撐倒：如坐睡椅狀。

神 魂 一 半 去 找 哥 ，　　　找：正字覕。
sin´ hun´ zi_t`  bua_n` ki ce´ gə

有 人 講 我 合 你 好 ，
u`  lang´  gong  qua` ga_h li hə`

心 肝 現 有 嘴 諍 无 。　　　諍：爭辯。
sim gua_n hian´ u^L cui`  zi_n` və´

5. 大 隻 水 牛 細 條 索 ，　　　索：繩子。
dua^L zia_h`  zui  qu` se`  diau` sə_h`

大 漢 阿 娘 細 漢 哥 ，
dua`  han` a^L niu´ se`  han` gə

是 妳 有 好 不 識 寶 ，　　　　　識：正字別。
si li u hə m bat bə

細 粒 干 樂 較 勢 翺 。　　　　　干樂：陀螺。較：正字
se liap gan lok kah qau qə　　　　加。勢翺：很會旋轉。

6. 茨 內 一 欉 相 思 欉 ，　　　　一欉：一棵；正字叢。
cu lai zit zan siun si zang

相 思 病 到 不 知 人 ，
siun si bin gau m zai lang

醫 生 來 看 講 无 望 ，　　　　　无：無之古字。
i sing lai kuan gong və vang

貼 心 來 看 好 噹 噹 。　　　　　貼心：心上人。
dah sim lai kuan hə dang dang

7. 阮 兜 灶 脚 迵 您 兜 ，　　　　阮兜：我的家。灶脚：
quan dau zau ka tang lin dau　　廚房。迵：意即通。

每 日 透 早 偷 探 頭 ，
mui lit tau za tau tam tau

兩 人 情 意 九 分 九 ，　　　　　路咧：路上。
lng lang zing i gau hun gau　　　拄着：遇到。

路 咧 拄 着 頭 鉤 鉤 。　　　　　頭鉤鉤；頭向下不好意
lo leh du dioh tau gau gau　　　思看對方。

8. 玉蘭開花芳透天，
qio$_k$ lan kui^L hue　pang tau$^、$ ti$_n$

挽入房間芳歸暝，　　　　　歸暝：整夜。
van li$_p^b$ bang^ˇ ging pang^L gui mi$_n^′$

將花提入蚊罩內，　　　　　提：正字掃。
ziong hue te$_h^b$ ji$_p^b$ mang da$_h$ lai^L　　蚊罩：蚊帳。

半暝芳到枕頭邊。　　　　　半暝：半夜。
bua$_n^、$ mi$_n^′$ pang gau$^、$ zim tau^ˇ bi$_n$　　到：正字洛。

9. 小妹合君則爾好，
sio^ˇ ve^L ga$_h$ gun zia$_h$ ni^L hə$^、$

望要生囝親像哥，　　　　　囝：孩子；正字弄。
vang^ˇ ve$_h$ si$_n$ gia$_n$ cin^L ciu$_n^L$ gə

檢彩日時上班去，　　　　　檢彩：意萬一，可能是
giam cai li$_t$ si$_h^b$ siong^ˇ ban ki^ˇ　　　　假使的變音。

通好看囝若看哥。
tang hə kua$_n^、$ gia$_n^、$ na kua$_n^、$ gə

10. 阿哥要轉阮要留，　　　　　要轉：要回去。
a^L gə ve$_h$ dng$^、$ quan$^、$ve$_h$ lau$^′$

挽哥頭毛用紙包，
van gə tau^ˇ mng$^′$ iong^ˇ zua$_h$ bau

等 君 无 在 通 來 解 ，
dan gun və˩ di˩ tang lai˅ tau˅

解：正字紓。

日 日 抱 君 在 心 頭 。
li_t˩ li_t pə˅ gun di˅ sim˅ tau˅

日：正確音 (ji_t)。

11. 趕 緊 眠 床 揀 壁 角 ，
guaₙ ginˋ vinˇ cngˊ sak biaₕ gak

台灣有一段時期一般民眾都用竹床，振動會作聲。

順 續 蚊 罩 放 空 殼 ，
sun˩ sua˅ vang da˅ bangˋ kang kak

揀：推也。

新 娘 着 愛 睏 坦 笑 ，
sin niuˊ diəₕ ai˅ kun˅ tan ciə˅

順續：順便。坦笑：仰臥。
囝婿：女婿，新郎。

通 給 囝 婿 交 攬 覆 。
tang ho˩ giaₙ sai˅ gau lam pak

交攬覆：原係謂小兒虛弱俯臥為顴 gam˩ 顲 lam˅ 覆，今將交攬 lam 覆唸快音義很相近，唸成 (gal lam˅ pak)。

12. 新 娘 囝 婿 病 相 思 ，
sin˩ niuˊ giaₙ sai˅ biₙ siuₙ si

一 日 吃 无 三 粒 米 ，
zi_t li_t ziaₕ və˅ saₙ liap vi˅

媒 人 講 好 要 嫁 娶 ，
mue langˊ gong hə˅ veₕ geₕ cua

吃 了 三 碗 更 再 添 。
ziaₕ liau˅ saₙ uaₙ˅ gəₕ zai˅ tiₙ

更：正字却。

13. 路邊一排相思草，
lo bin zi$_t$ bai siun si cau

阿君若愛請來薅，　　　　薅：拔。
a gun na ai cian lai kau

薅去泡茶啉落去，　　　　啉：正字飲。
kau ki pau de lim lə ki

若好隨時來阮兜。　　　　阮兜：我的家。
na hə sui si lai quan dau

14. 十五月娘圓輪輪，
za$_p$ qo qe$_h$ niu i$_n$ lin lin

照着溪邊蕃薯藤，
ziə diə$_h$ kue bi$_n$ han zi din

蕃薯旋藤密密緊，　　　　旋：伸長之意，亦可用
han zi suan din va$_t$ va$_t$ gin　　　　迍。

生落蕃薯百外斤。　　　　百外斤：百多斤。
si$_n$ lə han zi ba$_h$ qua gin

15. 半壁吊肉猫跋死，　　　　跋死：跌死。
bua$_n$ bia$_h$ diau va$_h$ niau bua$_h$ si

看有食無病相思，
kua$_n$ u zia$_h$ və bi$_n$ siu$_n$ si

相思 一病 膾 爬 起，　　　爬：正字蜀。

siu$_n$ si zi$_t$ bi$_n$ vue be$_h$ ki

後世 原在 要 找 伊 。　　　原在：照常。伊：因太

au si quan zai ve$_h$ ce i 　　　　恨了，音調較高。

16. 兩隻戶蠅跋落泔，　　　泔：稀飯汁。

lng zia$_h$ ho sin bua lə am

无分公母共款湛，　　　湛：濕。

və hun gang və gang kuan dam

心頭雖然嗶噗喘，　　　嗶噗：擬狀。

sim tau sui lian pi po$_k$ cuan

心內却是甜及甘 。

sim lai kio$_k$ si di$_n$ ga$_h$ gam

17. 姻緣千里無驚遠，

im ian cian li və gia$_n$ hng

新娘囝婿蜜攬糖，　　　蜜攬糖：很甜蜜恩愛。

sin niu gia$_n$ sai vi$_t$ giau tng

若无時鐘調倒轉，　　　調：正字𤲬或𤲬。

na və si zing ciau də dng

好戲未搬天先光 。　　　先光：先亮。

hə hi ve buan ti$_n$ sing gng

18. 烏猫穿裙无穿褲，　　　　　穿：正字襪。
　　o niau cing' gun' və cing' ko'
　　烏狗穿褲格拖土，　　　　　格：造作。
　　o gau cing' ko geₖ tuaᴸ to'
　　要悉烏猫去散步，　　　　　悉：帶領。
　　veₕ cua' o niau ki san boᴸ
　　脚骨若酸坐草埔。
　　ka guₜ na' sng ze cau bo

19. 烏猫要嫁烏狗翁，　　　　　翁：丈夫。
　　o niau veₕ ge' o gau ang　　要：正字每。
　　要掠白猫作媒人，　　　　　掠：捉，請。
　　veₕ liaₜ be' niau zə' mue lang
　　是不趕緊定來送，　　　　　是不：要或不要。
　　siᴸ mᴸ guaₙ gin diaₙᴸ lai' sang'　　送定：訂婚。
　　若无烏猫嫁別人。
　　na' və' o niau ge baₜ lang'

20. 金蝿也在婿花蕊，　　　　　也在：正字麼且。
　　gimᴸ sin' ma' diᴸ sui hueᴸ lui　　婿：美麗；正字秀。
　　蝶仔看看緊飛開，
　　ia' aₕ kuaₙ kuaₙᴸ gin beᴸ kui

實在真正不四鬼，
si$_t$ zai zin zia$_n$ bu$_t$ su gui

你的地場在糞堆。
li e de diu$_n$ di$_t$ bun dui

不四鬼：色迷迷。此"四"應指：非禮勿視，非禮勿言，非禮勿聽，非禮勿動。用"死"字似乎不妥。

地場：場地。

21. 含笑開花芳過山，
ham siau kui^L hue pang ge sua$_n$

水仙開花好排壇，
zui sian kui^L hue hə bai dua$_n$

神魂給嫂迷一半，
sin hun ho sə ve zi$_t$ bua$_n$

剋虧阿哥要安怎。
ke$_k$ kui a gə ve$_h$ an zua$_n$

含笑：花名。

排壇：排場。

給：正字與。

剋虧：吃虧。

安怎：怎麼辦。

22. 娘仔生婿有緣份，
niu a$_h$ si$_n$ sui u ian hun

十八二二當青春，
za$_p$ bue$_h$ li li dng cing cun

未得合娘共床睏，
vue di$_t$ ga$_h$ niu gang cng kun

較慘番王想昭君。
ka$_h$ cam huan ong siu$_n$ ziau gun

睏：睡。

較慘：較…還屬害；較正字加。

二、古 詩

go　　si

㈠春　　曉

cun　　hiau`

春　眠　不　覺　曉　，
cun　vin´　bu_t　ga_k　hiau`
處　處　聞　啼　鳥　，
cu`　cu`　vun´　te˘　niau`
夜　來　風　雨　聲　，
ia^L　lai´　hong　u`　sing
花　落　知　多　少　。
hua　lo_k　di^L　də^L　siau`

㈡楓　橋　夜　泊

hong　giau´　ia˘　bo_k

月　落　烏　啼　霜　滿　天　，
qua_t　lo_k　u　te´　song　vuan　tian
江　風　漁　火　對　愁　眠　，
gang^L　hong　hi˘　ho_n`　dui`　ciu´　vin´

姑 蘇 城 外 寒 山 寺 ，

go　sə　sia_n　qua　han　san　si

夜 半 鐘 聲 到 客 船 。

ia　bua_n　ziong　sing　də　ki_k　suan

二、一个廟公的批

zi^b_t　e^L　　viə^v gong e^v　　pue

順良兄：

sun^v liong^v hia$_n$

　　昨昏是舊曆五月十三，　城隍

za hng si^v gu^v le$_k$ qo^v qe$_h$ za$_p$ sa$_n$　　sing^v hong^v

爺生，　你那會无來，我真想你。

ia^v si$_n$　　li^v　na e^L və^v lai^v　qua^v sin^v siu$_n$ li^L

廟內刣一隻"猪公"　賴"大龐"，

viə^v lai^L tai^v zi^b_t zia$_h$　du^L gong　lua^L　dua^L piang^L

來看祭典的人是挨挨陣陣，　真

lai^L kua$_n$^{v} ze^v　dian^v e^v　lang^v si^v　e^L e^L　din^v din^L　　zin^L

"鬧熱"。前幾工着挂着"風颱"，

lau^v lia$_t$　　zing^v gui gang də^L　du diə$_h$　　hong tai

"椅桌"及碗盤煞"運搬"未赴。

i　də^L　　ga$_h$ ua$_n$ bua$_n$^{v} sua$_h$　un^v bua$_n$^{L}　vue^v hu^v

倩 一 个 總 庖 （屠 煮 師 ） "頇 顢" 更
cian zit e zong po do zi sai han man gəh

目 珠 花 ， 發 粿 看 下 "菜 花" ， "鴨
vak ziu hue huat geh kuan e cai hue ah

母" 看 做 "鷄 公" ， 菜 亂 出 ， 實 在
vu kuan zə ge gang cai luan cut sit zai

對 "人 客" 足 否 勢 。 "童 乩" 着 給
dui lang keh ziək pai se dang gi də ho

寒 着 ， "頭 額" 燒 燒 ， "嚨 喉" 更 痛 。
guan diəh tau hia sia sia na au gəh tian

伊 无 閒 更 慢 皮 ， 想 講 "慢 且" 給
i və ing gəh van pe siun gong man cian ho

醫 生 看 。 過 火 的 時 陣 ，着 無 "氣
i sing kuan gueh he e si zun də və kui

力" 話 煞 講 燴 出 來 ， 我 知 影 伊
lat ue suah gong vue cut lai qua zai ian i

"心 內" 眞 艱 苦 。 今 年 的 過 年 ，
sim lai zin gan ko gin ni e geh ni

我 想 要 創 一 个 好 "頭 彩" ， 寫 一
qua siun veh cong zit e hə tau cai sia zit

可 較 好 的 "聯 對" ， 若 有 "利 便"
qua kah hə e lian dui na u li bian

拜託你"紹介"一个文筆較好的
bai` to_k li` siau gai` zi_t e` vun` bi_t ka_h hə` e`

"士紳"給我，　通好順續詮上元
su` sin ho_L qua_L tang hə` sun` sua` cuan` siong` quan`

暝的"謎猜"給人臆。　若有即款
mi e` ve_L cai ho` lang` iə_h na` u` zi_t kuan`

人選，　請你報伊的"名姓"來給
lin` suan` cia_n li` bo` i` e` mia` si_n` lai` ho_L

我。　拜託拜託！
qua` bai` to_k bai` to_k`

　　　順祝
　　　sun` zio_k`

身體"康健"，　平安快樂
sin te` kong_L gian_L bing` an kuai` lo_k

　　　　　弟明宗　敬筆
　　　　　de_L ming` zong ging` bi_t`

台國語詞彙對照

　　這篇文章是特地將這幾年來收集到的，廿五個詞句用字對調，而詞義與國語相同的文句串連而成。如有不合邏輯之處，請包涵。括號" "之字句對調，就是國語的用詞故不另加寫出。(1)廟公：廟祝。(2)昨昏：昨天。(3)舊曆：農曆。(4)台北市迪化街城隍爺以前農曆五月十三日，每年都很熱鬧。(5)刣：殺。(6)挨挨陣陣：人山人海。(7)前幾工：前幾天。(8)拄着：碰到。(9)未赴：趕不上。(10)倩：雇用。(11)總庖：廚師。(12)更：又；正字却。(13)發粿：發糕。(14)寒着：感冒。(15)慢皮：能忍的痛苦。(16)過火：道教祭典過程的儀式之一，用一大堆木炭或冥紙使其燃燒，然後神轎和人從上或從中而過。筆者曾經在國小五、六年級，兩次在三重五谷廟神農大帝生日時（每年農曆四月廿六日都有），參加過"跳過火"。用的是木炭，有人說撒鹽可降低溫度，這沒錯；那撒米可增加溫度又做何解釋。我想鹽、米是民生必需品，宗教是要祈求平安，有飯可吃。如果有人現在請我去"跳過火"，對不起，現在我沒有信心。因此"信心"最重要，當時覺得腳底涼涼的，至今記憶猶新。至於跳過火這種儀式的含義，請專家說明才能清楚。(17)時陣：時候。(18)知影：知道，古漢語知也。(19)艱苦：難過。(20)創：弄，做。(21)一可：一些。(22)通好：可以。(23)順續：順便。(24)詮：準備。(25)上元暝：元宵夜。(26)臆：猜。(26)即款：這方面。(27)否勢：不好意思。(27)批：信。(28)「熱」正確音是ㄗㄚˇ與ㄋㄏˇ；jia_t 與 jua_h。「人」正確音ㄗㄣˇ與ㄌㄤˇ；jin´與 lang´。

三、古早講的話
go za` gong`e˙ ue˩

阮阿嬤要在的（時陣）， 即馬已經
quan` a mah veh di˩ e˩ zit ma i ging˩

一百外歲啊，在生的時，共我講
zit bah qua` he˙ a˙ zai sin e˙ si´ gang qua` gong

："淮伯公仔是一个落第秀才
huai beh kong a si zit e˙ lok de˩ siu` zai´

人眞份憚， 定定无洗脚手着去
lang´ zin˩ bin duan˩ dian dian və˙ sue kat ciu də˙ ki

睏。"當時的眠床是八骸的， 眞
kun˙ dong si´ e˙ vin cng´ si bueh ka e zin

懸， 着愛先踏下一塊踏枋椅，
guan´ diəh ai sing da˙ e zit de` da˙ bang i`

才有法度上床去睏。 淮姆婆仔
ziah u˙ huat do˩ ziun cng´ ki kun˙ huai´ m bo´ a

有一擺共(給)淮伯公仔 講的時陣，
u zit bai (ga)kang huai beh kong a gong e si zun

抵好給阮阿嬤聽着。 她講："上
du hə ho quan a mah tian diəh i gong ziun

踏枋， 上眠床， 无洗脚着要睏
da bang ziun vin cng və sue ka də veh kun

中央。" 淮伯公仔應她講："洗脚
diong ng huai be kong a in i gong sue ka

百百工， 洗被一工儂。" 實在份
bah bah kang sue pe zit kang lang si zai bin

憚的人也有伊的歪理通講。
duan e lang ma u i e wai li tang gong

阮伯仔是隔柱的伯仔， 所以
quan beh ah si ge diau e beh ah so i

伊要在的(時陣)， 即馬也是百外歲
i veh di eh zit ma ma si bah qua he

啊， 伊有讀過漢文。 我讀初中
a i u tak ge han vun qua tak cə diong

的時陣定定去伊彼， 伊看我眞
e si zun dian dian ki i hia i kuan qua zin

勢讀冊， 所以眞疼我。 伊曾共
qau tak ceh so i zin tian qua i bat qang

我 講 ："台灣人以前好譽的，　　絕
qua` gong` dai´ wan´ lang´ i zing´ hə qia˪ e˅ zua˪t

大部份无超過三代，　第一代是
dua˪ bo˪ hun˪ və˅ ciau ge` san dai˪ de˅ it dai˪ si˅

儉腸餒肚，第二代是長衫散步，
kiam´ dng´ neh˙ do˪ de˅ li˪ dai˪ si˅ dng´ san san` bo˪

第三代是當田賣租，　第四代是
de˅ san dai˪ si˅ dng´ can´ vue˪ zo de˅ si` dai˪ si˅

遷墳挖墓。"意思是講，　第一代
cian pun o˙ vo˪ i˅ su˅ si˅ gong de˅ it dai˪

儉到要死，　定定枵饑失頓，　攏
kiam´ gah veh si` dian dian˪ iau gi sit dng´ long

是爲着下一代。　等到第二代不
si˅ ui˅ diəh e˅ zit dai˪ dan gau de˅ li˅ dai˪ m˪

知恁父母的愛心，　親像邱仔罔
zai˪ in˅ be˪ vu˅ e˅ ai` sim cin ciun ku a vong`

舍，一日到暗僅徒會曉橡婿婿，
sia˅ zit lit ga am˅ gan˪ da˪ e˅ hiau` cin´ sui sui`

橡長衫疊馬褂，到處彳亍開錢，
cin´ dng´ san ta˅ ve gua˅ də` cu` tit tə´ kai˪ zin´

未曉想要趁錢，　安尔的時陣，
vue˅ hiau` siun veh tan` zin´ an ni e˅ si˅ zun˪

有 金 山 銀 山 食 久 也 會 空 ， 但 是
u gim suan qun suan ziah gu ma e kang　　dan si

迄 陣 猶 有 恁 老 父 負 着 。 等 到 第
hi$_t$ zun iau u in lau be pai$_n$ diau　　dan gau de

三 代 着 无 共 款 ， 无 錢 的 時 陣 ，
sa$_n$ dai də və kang kuan　　　və zi$_n$ e si zun

只 好 去 當 田 園 抑 是 賣 田 租 。 到
zi hə ki dng can hng a si vue can zo　　　gau

第 四 代 氣 口 眞 鄙 的 時 ， 恁 彼 的
de si dai kui kau zin vai e si　　　in hia e

囝 孫 无 錢 到 地 仔 ，着 想 空 想 縫 ，
gia$_n$ sun və zi$_n$ gau de a　　də siu$_n$ kang siu$_n$ pang

想 看 恁 祖 仔 死 的 時 ， 棺 材 內 不
siu$_n$ kua$_n$ in zo a si e si　　　gua$_n$ ca lai m

知 埋 賴 多 的 寶 物 在 的 ， 着 借 理
zai dai lua zue e bo vu$_t$ di e　　　də ziəh li

由 去 挖 墓 啊 。 世 間 人 ， 錦 上 添
iu ki o vo$_t$ a　　se gan lang　　gim siong tiam

花 的 較 多 ， 雪 中 送 炭 的 較 少 。
hua e kah zue　　　suat$_t$ diong sang tua$_n$ e kah ziəh

人 所 說 ："貧 居 鬧 市 无 人 問 ， 富
lang sə seh$_h$　　bin gu nau ci vu jin vun　　hu

在 深 山 有 遠 親 。" 伊 更 講： "茨 邊
zaiˋ cim san iu uanˋ cin iˋ gəₕ gongˋ cu biₙ

隔 壁 也 愛 和 好 相 處 ， 所 謂： "遠
geˋ biaₕ maˋ aiˋ hoˋ hə siong cuˋ so uiˋ uan

親 不 如 近 鄰 ， 近 鄰 不 如 相 對 面 "
cin buₜ juˊ gunˋ linˊ gunˋ linˊ buₜ juˊ saₙˋ duiˋ vinˋ

萬 一 有 發 生 臨 急 的 代 誌 才 會 轇
vanˋ iₜ uˋ huaₜ sing limˋ giₚˋ eˋ daiˋ ziˋ ziaₕ eˋ dauˋ

相 共 。"
saₙˋ gangˋ

台國語詞彙對照

(1)阮阿嬤：我的祖母。(2)即馬：現在。(3)在生：生前。(4)共：跟、
給、與。(5)忶憚：懶惰；凡事畏怯。(6)定定：常常。(7)懸：高。
(8)着愛：就要。(9)踏枋椅：長條椅。(10)法度：辦法。(11)姆婆：伯
祖母。(12)抵好：剛好。(13)百百工：天天，每天。(14)一工儂：一個
人工作一天的時間。(15)隔柱的伯仔：堂伯父。(16)伊彼：他那裡。
(17)儉腸餒肚：省吃儉用常餓肚子。(18)臨急：危急。(19)代誌：事情。
(20)轇相共：互相幫忙。(21)僅徒：僅僅。(22)開錢：花錢。(23)氣口眞
鄙：手頭不方便；時運不佳。(24)罔：正字妄。也正字麼。才正字
即。較：正字加。(25)塊：正字丁、町、碇、椗、錠。

四、幾句常用口語

gui guˇ siongˇ iong˪ kau quˋ

1. 阿里不達眼看礙，

   a   li   bu_t da_t qanˋ kua_nˋ qai˪

2. 不搭不膝相卸代，

  bu_t da_p bu_t ci_t san˪ siaˋ dai˪

3. 阿沙不呂低路師，

  a sa bu_t lu geˇ lo˪ sai

4. 二步七仔講未鄙。

  li˪ bo˪ ci_t a_h^b gongˋ vueˇ vaiˋ

1. **阿里不達**：原指中亞一僕人打扮、穿着使人看了很不順眼，後來成爲罵人的口頭禪，指不倫不類的意思。漢代時，我國有人到中亞（現在中東一帶）去銷售絲綢，請當地人幫忙，絲綢抱在他們常年不換的衣服上，常被弄髒，僕人名叫阿里×達，主人用漢語罵，對方聽不懂等於白罵，主人很有幽默感地，把他的名字中間，換個"不"

字，以消消氣，成了阿里不達，回到中原後，看到穿着
打扮不順眼的漢人，就脫口而出 "阿里不達"。

2. 不褡不膝：褡是無袖子的上衣。膝：河洛音 $ㄒㄧ_ㄊ$ (si_t^b)，客語
音 $ㄑㄧ_ㄊ$ (ci_t^b)，客語也有此口語，故本人猜測，此句口語，
係由客語轉傳過來。即穿着不三不四，即非遮腹也非遮
膝的衣服。老一輩人常見了這種穿着就會說：不褡不膝
卸 $ㄒㄧㄚ$ (sia`) 世 $ㄒㄧ$ (si`) 眾 $ㄐㄧㄥ$ (zing`)，即丟人現眼的。但是
時代在變，當時看不順眼的穿着，現在一到夏天，很多
人都這種穿着，也就見怪不怪了。（按陳冠學先生稱古
音亦讀 ci_t^b。）

3. 阿沙不呂：起初以爲是日本外來語，查了幾本日語大辭典，
均無所獲。又趁旅遊之便，詢問同是阿拉伯語的約旦、
埃及、摩洛哥。埃及的導遊說從來沒聽過；約旦、摩洛
哥兩位年長的導遊稱：古阿拉伯語，只有沙不呂一詞，
其意思英文爲 patient，中文譯成病人或忍耐，起初以爲
不該忍耐的事情也忍耐，豈不被人看成 "阿沙不呂" 嗎？
因爲加個阿字是閩南人最專長的。但是詢問過廈門大學
的林寶卿教授，她說 "廈門沒人講這句話"。最近聽朋
友說是由英語 Assemble 音譯過來的，如果眞是這樣的
話，那麼一定是光復後，由受過日本教育的本省先輩們

說出來的。 Assemble 其意爲會集、總成、組合等。我們對一些不三不四的人或做的事情拉拉雜雜湊在一起都說出 "阿沙不呂" 。不知還有沒有更合理的說詞？請舉出來。

4. 二步七仔：您如果面對牆壁，退後二點七個腳板鴨長，然後頭頂著牆壁，不用手撐著，一般人是沒辦法站挺的。您假使能夠挺起，表示您有點 "功夫" 。故現在稱做事有點能耐的人就說 "你有二步七仔噢" 。

　　低路師：差勁。

　　未鄙：不壞，不差。

　　二：正確音 ㆡ˥；ji˥。

5. 烏ㆦ˥ 西ㄙㆤ ：由日語 "御オ(o)世セ(se)辞ジ(ji)" 意恭維，奉承，簡化
　　o˥ 　se 　　而成的口語。

6. 搓ㄙㆤ 圓ㆮ˥ 仔ㄚ 湯ㄊㆭ ：由日語的 "談合" 與圓子日語 "團子" 唸法
　　sə　i̩n˥　a　tng 　　相近轉換過來。工程圍標事前談好條件。搓
　　　　　　　　　　　　　湯圓。

7. 卡ㄚˇ 拉ㄚˇ　Ｏ　Ｋ　：由日語"空カ(ka)ラ(la)"與英語 orchestra 合
　　ka　　la　　Ｏ　Ｋ　　　成的句子，因爲這種伴唱機是由日本開發而
　　　　　　　　　　　　　　　成的，意思是虛幻樂團。

8. 躴ㄌㄜˇ：身裁高，一說來自英語 long。古漢語即「倰」字。
　　ləˇ

9. 起ㄎ一ˇ 毛ㄇㄛˋ：來自日語"氣キ(ki) 持モチ(mozi)"，簡化而成，意情
　　ki　　mo　　緒，心情。

10. 海ㄏㄞ 結ㄍㄚㄊ 仔ㄚ 頭ㄊㄠˊ：以前西裝頭就叫海結仔頭，係由英語"high
　　hai　ga_t　　a　 hauˊ　　collar"高領子。宴會時穿高領子，理西裝頭
　　　　　　　　　　　　　　　轉用過來，這句話目前比較少聽到。

五、謎猜

ve˘ cai

1. 一 二 三 五 六 七 八 九 十。（口語一句）
   iᵗ liᴸ saₙ qoᴸ laₖ ciᵗ buehₕ gau˘ zap

2. 四 脚 兩 耳，掛 玲 瓏，賣 蔭 豉。（動物一）
   si˘ ka lng˘ hiᴸ gua˘ linᴸ long vue˘ im˘ siₙᴸ

3. 用 杉 圍 城，用 竹 敷 埕，龜 敢
   iong˘ sam ui˘ sia·n˘ iong˘ dekₖ po diaₙ˘ gu gan
   睏，驚 不 敢 行。（廚房用具一） 埕：正字庭。
   kun˘ bihₕᵇ mᴸ gan giaₙ˘

4. 无 脚 會 走，无 嘴 會 哮，无 身
   və˘ ka e˘ zau˘ və˘ cui e˘ hau˘ və˘ sin
   軀 會 拋 輾 斗。（自然景象）
   ku e˘ paᴸ lin˘ dau˘ 哮：叫、哭。 拋輾斗：翻筋斗。

5. 八 个 人 扛 一 面 鼓，兩 个 俄 竹
   buehₕ e˘ lang˘ gngᴸ ziᵗ vin˘ go˘ lngᴸ e˘ qia˘ dek

篙 叉 合 土 宛 家 。（動物一）　俄：舉。

gə　ce　ga$_p$　to'　uan　ge

6.四 角 二 面 六 起 七 面 。　（個人用品一）

si`　ga$_k$　lng'　vin$_L$　la$_k$　ki`　ci$_t$　vin$_L$

7.一 个 動 物 矮 箄 箄，　四 脚 落 地

zi$_t$　e'　dong'vu$_t$　ue　bi'　bi$_h$　　si`　ka　lə'　due

兩 脚 勾，　若 是 牛 隻 不 吃 稻，

lng'　ka　giu　　na'　si'　qu'　zia$_h$　m$_L$　zia$_h$　diu$_L$

若 是 狗 隻 无 尾 溜 。（農事一）矮箄箄：很矮。

na'　si'　gau`　zia$_h$　və'　ve　liu　　　勾：收縮。正字閭。

8.身 橡 一 領 烏 裌 裟，　盤 山 過 嶺

sin　cing'　zi$_t$　lia$_n$`　o$_L$　ga$_L$　se$_L$　　　bua$_n$　sua$_n$　ge`　lia$_n$`

去 找 妻，　人 人 講 阮 風 流 客，

ki`　ce'　ce　　lang'　lang'　gong　quan`　hong　liu'　ke$_h$

風 流 趁 錢 要 飼 家 。　（行業一）

hong　liu'　tan`　zi$_n$'　ve$_h$　ci'　ge

9.一 个 查 某 囡 仔 嬈 嬈 嬈，　三 條

zi$_t$　e'　za　vo'　qin　a$_h$　hiau'　hiau'　hiau'　　sa$_n$　diau'

油 蔴 索 仔 縛 繪 着 。（景象一）　查某：正字諸

iu'　mua'　sə　a$_h$　ba$_k$　vue'　diau'　　母。　囡仔：正字人兒。

嬈嬈嬈：女人很騷。

·95·

10. 四　脚　落　地　嘴　向　天　，　腹　肚　輕　空
　　si　ka　lə　due　cui　hiong　tian　　bak　do　kin　kong
　　尾　吐　煙　。（農具一）　　輕空：擬聲狀。
　　ve　to　ian

11. 兩　个　生　蚵　滯　隔　壁　，　兩　个　大　指
　　lng　e　ci　o　duah　ge　biah　　lng　e　dua　zi
　　頭　仔　在　喝　掠　。（動作一）
　　tau　ah　di　huah　liat

12. 紅　頭　司　公　，　瘸　手　裁　縫　，　大　不
　　ang　tau　sai　kong　　ke　ciu　cai　hong　　dai　but
　　孝　，　死　膾　臭　。（昆蟲四）
　　hau　　si　vue　cau

13. 橡　長　衫　，　疊　馬　褂　，　食　點　心　，
　　cing　dng　sa　　ta　ve　gua　　ziah　diam　sim
　　腹　肚　破　。（喜慶用品一）
　　bak　do　pua

14. 公　仔　懸　婆　仔　矮　，　公　仔　放　尿　給
　　gong　a　guan　bə　a　ue　　gong　a　bang　liə　ho
　　婆　仔　貯　。（用具一套）　　懸：高。
　　bə　a　due

15. 茨　頂　一　塊　碗　，雨　來　貯　膾　滿　。（動物有關
　　cu　ding　zit　de　ua　　ho　lai　due　vue　mua　　一）

16. 一个白筒仔貯黃蜜， 弄於壁
zi_t e be dang a_h due ng vi_t kng e bia_h
角二十日，會生腳，會發翼。(食品一)
ga_k li za_p li_t e si_n ka e hua_t si_t 弄：放。

17. 頭吃土， 尾凍露， 中央弄衫
tau zia_h to ve dang lo diong ng kng sa_n
褲。（植物一）
ko

18. 空殼樹， 齒齒葉， 鶯歌鳥仔
kang ka_k ciu ki ki hiə_h ing gə ziau a_h
歇未着。（蔬菜一）
hiə_h vue diə_h

19. 沈沈枝， 沈沈葉， 鶯歌鳥，
sim sim gi sim sim hiə_h ing gə ziau
歇未着。（蔬菜一） 沈：正字毯，枝葉多而散，且軟有
hiə_h vue diə_h 彈性。 鶯歌：正字鸚鵡。

20. 嘴對嘴， 臍對臍， 手牽伊着
cui dui cui zai dui zai ciu kan i də
來， 吔吔三五下， 白膏流出
lai i_n uai_n sa_n qo e be gə lau cu_t
來。（工作一） 吔吔：正字咿啘，擬聲字。
lai

21. 一个物件圓輪輪，　　　一百个人
　　zi$_t$　e　mi　gia$_n$　i$_n$　lin　lin　　zi$_t$　ba$_h$　e　lang
　　扛𢓜起身。（物一）
　　gng　vue　ki　sin

22. 青皮白腹，　　剖開　空殼。（植物一）
　　ci$_n$　pe$_h$　be　ba$_k$　　pua　kui　kang　ka$_k$

23. 青布包白布，　　一嘴吃，　　一嘴
　　ci$_n$　bo　bau　be　bo　　zi$_t$　cui　zia$_h$　　zi$_t$　cui
　　吐。（可食植物一）
　　to

24. 一个老歲仔老哀哀，　　茨前茨
　　zi$_t$　e　lau　he　a$_h$　lau　ai　ai　　cu　cing　cu
　　後補米篩。（昆蟲一）　米篩：呈網狀，篩米器具。
　　au　bo　vi　tai

25. 大姐有線无針，　　二姐有針无
　　dua　zi　u　sua$_n$　va　ziam　　li　zi　u　ziam　va
　　線，　　三姐兩手捙鉸刀，　　四姐
　　sua$_n$　　san　zi　lng　ciu　te　ga　da　　si　zi
　　點燈四界瞧。（昆蟲名四）　捙：拿。
　　diam　ding　si　gue　cia

26. 紅筒仔蓋鳥蓋，　　借你摸，　　不
　　ang　dang　a$_h$　kam　o　gua　　zia$_h$　li　mo　　m

通 給 挵 破 。（水果一）挵：弄　弄

tang　gaˋ　longˋ　puaˇ　　　　　　　　langˋ

27. 大 兄 恬 恬 坐， 　二 兄 磨 到 死，

dauˇ　hia$_n$　diam　diam　ze　　　li$_t$　hia$_n$　vuaˇ　ga　si`

三 兄 褪 褲 做 生 理。 （文具三）

sa$_n$　hia$_n$　tngˋ　koˇ　zə　sing　li`

28. 一 坵 田 仔 鬆 鬆 鬆， 　三 蕊 花 仔

zi$_t$　ku　can´　a$_h$　sang´　sang　sang　　　sa$_n$　luiˋ　hue　a$_h$

紅 紅 紅。 （祭祀一） 　一坵田：一塊田。

ang´　ang　ang´

29. 一 日 走 三 頓， 　三頓：三餐。企天光：站到天亮。

zi$_t$　li$_t$　zau　sa$_n$　dngˇ　　　企：同跂，站立，如企鵝。

一 暝 企 天 光 。 （用品一）

zi$_t$　mi$_n$´　kiaˇ　ti$_n$　gng

30. 青 布 包 白 布， 　白 布 包 米 粒，

ci$_n$　bo　bau　beˇ　bo´　　　beˇ　boˇ　bau　vi　lia$_p$

米 粒 包 酸 醋。 （果子一）

vi　lia$_p$　bau　sng　cə

31. 大 姆 樓 頂 輕 空 叫， 　二 姆 俄 火

dau　mˋ　lauˇ　dingˋ　kin　kong　giaˇ　　　li$_t$　mˋ　qiaˇ　he

出 來 照， 　三 姆 落 樓 掃 繪 離，

cu$_t$　laiˇ　ziə　　　sa$_n$　m`　ləˇ　lauˇ　sau　vɪeˋ　liˋ

四姆濺水四界着。（自然景象四）　輕空：擬聲

si m zua_n cui si gue diə_h　　濺：噴水。四界：到處。

32. 肉孔轇（含）肉筍，兩手抱尻川，

va_h kang dau gam va_h sun lng ciu pə ka cng

兩手抱頷管。　（動作一）　　頷管：頸部。

lng ciu pə am gun

33. 四目相向，四脚相撞（）　，一个

si va_k siə_h siong si ka siə_h dng(dong) zi_t e

咬齒根，　一个在喝暢。　（整容一）

ga ki gun　　zi_t e di hua_h tiong　喝暢：喊痛快

34. 嘴吻孔手塞孔，頂面啵啵喘，

cui zim kang ciu ta_t kang　ding vin pe_n pe_n cuan

下蹄不知人。吻：音 vun（訓讀zim），正字沾。

e ka m zai lang　啵啵：擬態。　下蹄：底下，下面。

35. 頂開花，　下結子，　大人囡仔

ding kui hue　　e ge_t zi　　dua lang qin a_h

興到死。（食品一）

hing ga si　　興：喜愛。　囡仔：正字人兒。　到：正字徦。

36. 有聽聲无看下影，　有滋味无

u tia_n sia_n və kua_n e ia_n　　u zu vi və

鹹洘。（生理現象一）　洘：淡，食之無味。

giam zia_n

37. 半壁吊猪肚，通啉不通哺。（器官一）
buaₙˋ biaₕᵇ diauˋ diᴸ doᴸ　　tang lim mᴸ tang boᴸ

哺：嚼。　啉：正字飲。

38. 一群鴨仔白蒼蒼，　兩枝竹仔
ziₜᵇ gunˊ aₕᵇ aₕᵇ beˇ cang cang　　lngᴸ giᴸ deₖ aₕᵇ

趕入孔。（動作一）
guaₙˋ liₚᵇ kang

39. 一塊烏烏酥酥，　損破繪用得
ziₜᵇ deˇ o o so so　　gongˋ puaˇ vueˇ iongᴸ diₕ

箍。（用具一）　損：正字攻。
ko

40. 有衫无絡，　有脚无手，　出門
uˇ saₙ vəˇ liuˋ　　uˇ ka vəˇ ciuˋ　　cuₜ mngˊ

串啉紅露酒。（昆蟲一）　絡：鈕扣　串：專，擅
cuanˋ lim angˇ loᴸ ziuˋ

41. 新娘仔褪褲。（字一）
sin niuˊ aₕᵇ tngˋ koˇ

42. 一个人蓋十領被。（台灣地名一）
ziₜᵇ eᴸ langˊ gaˇ zaₚᵇ liaₙˇ peᴸ

43. 新娘无洗身軀。（台灣地名一）
sin niuˊ vəˇ seˇ sinᴸ ku

44. 空中 一隻 鳥 ，用線 來牽 着，

kong┘ diong zi‸ₜ ziaₕ┘ ziau˙ iong˙ sua_n˙ lai˙ kan diau´

免 驚 腹肚 枵 ，祇 驚 細雨 飄 。（玩具

vian┘ gia_n ba_k do˙ iou zi┘ gia_n sue˙ ho┘ piau 一）

45. 賣魚 的 无俄 秤 。（台灣地名一）

vue˙ hi´ e və˙ qia´ cin˙

46. 舊筍 。（台灣地名一）

gu˙ sun˙

47. 一年 週天 二五 度 ， 彳亍旅 遊

zi‸ₜ ni´ tang˙ ti_n li┘ qo┘ do┘ ti‸ₜ to´ lu iu´

攏 無雨 ， 到底 它是 何 一埔 ，

long və˙ ho┘ dau˙ di‸ₜ i┘ si┘ də zi‸ₜ bo

着是 在 伯台 灣島 。（地名一）

də┘ si˙ di˙ lan˙ dai˙ wan˙ də˙ 一年週天：一年到頭。

謎底

ve˙ due˙

1. 無捨 施 （音同無寫四）：很可憐。

və˙ sia si˙

2. 羊 。

iu_n´

3. 籠ㄌㄤˇ盛ㄙㄥˊ：蒸籠。
langˇ sngˊ

4. 海ㄏㄞˇ湧ㄧㄥˋ：海浪。
hai ingˋ

5. 毛ㄇㄛˇ蟹ㄏㄨㄝ˪：螃蟹。
moˇ hueᴸ

6. 搦ㄌㄚㆶ（音同六）拭ㄑㄧㆵ˙（音同七）：手巾，毛巾或手帕。
la_k　　　　　　　ci_t

7. 搓ㄙㄜ草ㄘㄠˋ：除草。
sə cauˋ

8. （牽ㄎㄢ）豬ㄉㄨ˪哥ㄍㄜ。
kan duᴸ gə

9. 影ㄧㆩˋ：影子。
ia_n ˋ

10. 風ㄏㆲ鼓ㄍㆦˋ。
hong go

11. 擤ㄑㄧㆭˋ鼻ㄆㄧ˪：擤鼻涕。
cingˋ pi_n ᴸ

12. 戶ㄏㆦˋ蠅ㄒㄧㄣˊ（司公"呼神"）。　家ㄍㄚ蠍ㄗㄨㄚㆷ（鉸ㄍㄚ差ㄗㄨㄚㆷ）（即蟑螂）。
ho ˋ sinˊ　　　　　　　　　　ga zua_h　ga zua_h

虱ㄙㄚㆵ母ㄇㄜˋ（殺母）。　蜂ㄆㄤ（芳）。　　虱：正字蝨。
sa_t və ˋ　　　　　　pang

13. 炮ㄆㄠˋ 仔ㄚˋ：爆竹。

    pau   aₕˋ

14. 茶ㄉㄝˇ 具ㄍㄨˋ。

    deˇ   guˋ

15. 鳥ㄐㄠ 宿ㄒㄧㄨˋ：鳥巢。

    ziau siuˋ

16. 卵ㄌㄤˋ：蛋。

    lngˋ

17. 竹ㄉㄝㄅ 筍ㄙㄨㄣˋ。

    deₖ sunˋ

18. 芹ㄎㄨㄣˇ 菜ㄘㄞˇ。

    kunˇ caiˇ

19. 韭ㄍㄨ 菜ㄘㄞˇ。

    gu caiˇ

20. 挨ㄝˋ 粿ㄍㄨㄝˋ。

    eˋ gueˋ

21. 井ㄐㄧˋ（ㄗㄝˋ）。

    ziₙˋ zeₙˋ

22. 竹ㄉㄝㄣˋ。

    deₖˋ

23. 甘ㄍㄚㆬˋ 蔗ㄐㄚˇ。

    gamˋ ziaˇ

24. 蜘ㄉㄧˋ 蛛ㄉㄨ 。
　　di˙ du

25. 蜘蛛、蜂、草猴(螳螂)、火金姑ㄍㄛ 。
　　　　　　　　　　　　　go

26. 紅ㄤˇ 柿ㄎㄧˋ 。
　　ang˙ ki˙

27. 墨ㄅㄚˋ 盤ㄅㄨㄚˊ ：硯。　　墨筆。
　　va_k bua_n

28. (點) 香ㄏㄨˋ 爐ㄌㄛˊ 。
　　　　hiu_n lo´

29. 箸ㄉㄨˋ 。
　　du˙

30. 柚ㄧㄨˋ 。
　　iu˙

31. 雷ㄉㄨㄟˊ 、光ㄍㄥ 、風ㄏㄛㄥ 、雨ㄏㄛˋ 。
　　lui´　　gng　　hong　　ho˙

32. 吃ㄐㄧㄚˋ 乳ㄋㄧ 。
　　zia_h ni

33. 挽ㄅㄢ 面ㄅㄧㄣˋ 。
　　van vin˙

34. 歕ㄅㄨㄣˇ 鼓ㄍㄛ 吹ㄘㄝ ：吹喇叭。
　　bun˙ go　ce

35. 土ㄊㆦˇ 豆ㄉㄠ˪ ：花生。
　　　toˇ　　dauˋ

36. 屁ㄆㄨㄟ˪ 。
　　　puiˋ

37. 乳ㄋㄧ˪ 頭ㄊㄠˊ ：乳房。
　　　niˋ　　tauˊ

38. 吃ㄐㄧㄚ˙ 飯ㄅㄥ˪ 。
　　　zia$_h$˙　bngˋ

39. 鼎ㄉㄧㄚˋ 。
　　　dia$_n$`

40. 蚊ㄨㄤ 仔：蚊子。　絡ㄌㄧㄨ：鈕扣。　剪ㄐㄧㄢ 絡仔：扒手。
　　　vang　　　　　　　　　　liu`

41. 規ㄍㄨㄟ ：只有丈夫看到。
　　　gui

42. 大ㄉㄞˇ 甲ㄍㄚ˙ 。（音同大蓋）
　　　daiˇ　ga$_h$˙

43. 甲ㄍㄚˋ 仙ㄒㄧㄢ 。（音近合ㄍㄚ 蘚ㄒㄧㄢ ）
　　　gaˋ　sian

44. 風ㄏㄥ˪ 吹ㄘㄨㄟ ：風箏。
　　　hongˋ cue

45. 景美(尾)：(揀ㄍㄧㄣ 尾ㄅㄨㄟˋ)。
　　　　　　　　　gin　　veˋ

46. 新 ㄒㄧㄥ 竹 ㄉㄜㄎ 。

    sin˪ de$_k$

47. 恆 ㄏㄥˇ 春 ㄘㄨㄣ 。

    hing˅ cun

六、急ㄍㄧㄆ 口ㄎㄠ 令ㄌㄧㄥˋ

gi_p　　kau　ling^L

1. 紅ㄤˇ 柑ㄍㄢˋ 殼ㄎㄚㄎ 弄ㄎㄥ 於ㄝ 涵ㄚㄇˇ 孔ㄎㄤ 角ㄍㄚㆀ。

　　ang^ˇ gam^L ka_k kng^ˋ e 　am^ˇ kang ga_k

國語：紅柑殼放在涵洞的角落。

2. 一ㄐㄧㆵ 个ㄝˋ 人ㄌㄤˇ 擔ㄉㄢ 一ㄐㄧㆵ 擔ㄉㄢˋ 茄ㄍㄧㄜˋ，　　行ㄍㄧㄚˋ 到ㄍㄠˋ 台ㄉㄞˋ 北ㄅㄚㆀ

　　zi_t^ˋ e^L　　lang^ˇ da_n zi_t^ˋ da_n^ˋ giə　　　gia_n^ˋ gau^ˋ dai^ˇ ba_k

橋ㄍㄧㄜˋ，　　拼ㄉㄥˋ 着ㄉㄧㄜˇ 一ㄐㄧㆵ 个ㄝˇ 扛ㄍㆭ 轎ㄍㄧㄜˋ，　　散ㄙㄨㄚ 及ㄍㄚㆷ 橋ㄍㄧㄜˇ

giə^ˋ　　　long diə^ˇ zi_t^ˋ e^ˇ gng giə^L　　　sua_n ga_h giə^ˇ

頂ㄉㄥˋ 有ㄨˇ 茄ㄍㄧㄜˋ 轎ㄍㄧㄜˋ 下ㄝˋ 猶ㄧㄠˇ 有ㄨˇ 茄ㄍㄧㄜˋ。

ding^ˋ u^ˇ　giə^ˋ giə^L e^L iau^ˇ u^ˇ　giə^ˋ

國語：一個人擔一擔茄子，走到台北橋，撞到一位抬轎子，
　　　　散落着，橋上有茄子，轎子下面也有茄子。

3. 樹ㄑㄧㄨˇ 頂ㄉㄥˋ 一ㄐㄧㆵ 隻ㄐㄧㄚㆷ 猴ㄍㄠˋ，　　樹ㄑㄧㄨˇ 下ㄝˋ 一ㄐㄧㆵ 隻ㄐㄚㆷ 狗ㄍㄠˋ，

ciu^ˇ ding^ˋ zi_t^ˋ zia_h gau^ˋ　　　ciu^ˇ e^L zi_t^ˋ zia_h gau^ˋ

不 抵 好 ， 　　跋 落 猴 ， 　　頓 着 迄 隻
m̄ du hə　　bua lə gau　　dng diə hi$_t$ zia$_h$

狗 ， 　頓 即 下 猴 走 狗 抑 走 ， 　　到
gau　　dng zi$_t$ e gau zau gau a$_h$ zau　　dau

底 （是 ） 猴 驚 狗 抑 是 狗 驚 猴 。
de si　　gau gia$_n$ gau a$_h$ si gau gia$_n$ gau

底：在此唸 di$_t$ 。

國語：樹上一隻猴，樹下一隻狗，不巧，跌下的猴打到那隻
　　　狗，結果猴跑狗也跑，到底是猴怕狗，還是狗怕猴。

4. 一 个 人 姓 傅 ， 　　　手 掃 一 匹 布 ，
　 zi$_t$ e lang sin$_n$ bo　　ciu te$_h$ zi$_t$ pi$_t$ bo

　 行 到 雙 叉 路 ， 　　　趕 緊 入 當 舖 ，
　 gia$_n$ gau siang ce lo　　gua$_n$ gin li$_p$$_t$ dng po

　 當 錢 二 千 五 。 　　　行 到 雙 叉 路 ，
　 dng zi$_n$ li cing qo　　gia$_n$ gau siang ce lo

　 買 了 一 擔 醋 。 　　　擔 到 雙 叉 路 ，
　 vue liau zi$_t$ da$_n$ co　　da$_n$ gau siang ce lo

　 看 見 一 隻 兔 。 　　　放 落 醋 ， 　趕 了
　 kua$_n$ gi$_n$ zi$_t$ zia$_h$ to　　bang lə co　　gua$_n$ liau

　 兔 。 　 掠 著 兔 ， 　　褪 了 褲 ， 　包 了
　 to　　liah diə to　　tng liau ko　　bau liau

兔ㄊㄛˇ，　咬ㄍㆭˊ破ㄆㄨㄚˋ褲ㄎㆦˇ，　走ㄗㄠ 了ㄌㄠ 兔ㄊㄛˇ，　放ㄅㄤˋ落ㄌㄛˇ
to ˇ　　ga ˊ pua ˋ ko ˇ　　zau liau to ˇ　　bang ˋ lə ˇ

醋ㄘㄛˇ，　趕ㄍㄨㄚㄋ 了ㄌㄠ 兔ㄊㄛˇ，　參ㄑㄧㄚㄥ 倒ㄉㄛㄥ 醋ㄘㄛˇ。　亦ㄧㄚ 无ㄨㄛˇ
co ˇ　　gua_n liau to ˇ　　cia �ㄥ do �ㄥ co ˇ　　ia ˇ və ˇ

褲ㄎㆦˇ，　亦ㄧㄚ 无ㄨㄛˇ兔ㄊㄛˇ，　亦ㄧㄚ 无ㄨㄛˇ醋ㄘㄛˇ，　氣ㄎㄧˋ死ㄒㄧˋ
ko ˇ　　ia ˇ və ˇ to ˇ　　ia ˇ və ˇ co ˇ　　ki ˋ si ˋ

一ㄐㄧㄠ 个ㄝㄥ 人ㄌㄤ 姓ㄒㄧㄋˋ 傅ㄅㄛˇ。
zi_t ᵇ e ˞ lang ˊ si_n ˋ bo ˇ

台國語對照

掁：提。行到：走到。放落：放下。掠著：抓到。褪了褲：
脫了褲。參倒：推例。抑：也。

5. 龍ㄌㄧㆲ 山ㄙㄢ 寺ㄒㄧ 一ㄐㄧㄠ 个ㄝˇ 鼓ㄍㆦˋ，挵ㄌㄤˋ破ㄆㄨㄚˇ用ㄧㆲ 布ㄅㄛˇ補ㄅㆦˋ，
liong ˇ san si ˞ zi_t ᵇ e ˇ go ˋ　　long ˋ pua ˇ iong bo ˇ bo ˋ

破ㄆㄠˋ到ㄍㄚˊ即ㄐㄧㄤ 个ㄝˇ 地ㄉㆤˇ步ㄅㆦˇ，　到ㄉㄠˋ底ㄉㄧㄊ（是ㄒㄧˋ）布ㄅㄛˇ
pau ˋ ga zi_t e ˞ de ˇ bo ˞　　dau ˋ di_t　si ˇ　　bo ˇ

補ㄅㆦ 鼓ㄍㆦˋ抑ㄚㄏ 是ㄒㄧˋ鼓ㄍㆦˋ補ㄅㆦ 布ㄅㄛˇ。
bo go ˋ a_h ᵇ si ˋ go ˋ bo_h bo ˇ

6. 壁ㄅㄧㄚㄏ 頂ㄉㄧㄥˋ（吊ㄉㄠˋ）一ㄐㄧㄠ 幅ㄅㄚㄎ 圖ㄉㄛˊ，　圖ㄉㄛˇ上ㄒㄧㆲ 畫ㄨㆤˇ 了ㄌㄠ
bia_h ding ˋ（diau ˋ）zi_t ᵇ ba_k do ˊ　　do ˇ siong ˞ ue ˞ liau

虎，　　　虎 爬 破 了 圖，　　　順 續 用 布
ho`　　　ho` be` pua` liau do´　　　sun sua iong bo

補，　　　不 知 布 補 圖，　　　抑 是 圖 補
bo`　　　m zai` bo` bo` do´　　　ah si do´ boh

虎。
ho`

七、傳統唸謠

tuanˇ tongˋ liamˇ iauˊ

㈠歲時歌

sueˋ siˇ gua

正月正， 迢迌博局兄 。
zia_n qe_h zia_n ti_t təˊ buaˇ giau hia_n

二月二， 土地公搬老戲 。
li˪ qe_h li˪ to di˪ gong buaˇ lauˇ hiˇ

三月三， 桃仔李仔雙頭擔 。
sa_n qe_h sa_n təˊ a_h li a_h siang tauˇ da_n

四月四， 桃仔來李仔去 。
siˋ qe_h siˋ təˊ a_h laiˊ li a_h kiˇ

五月五， 龍船渡 。
qo qe_h qo˪ lingˇ zunˇ do˪

六月六， 拍碌碡 。
la_k qe_h la_k ba_h la_k da_k

七月七鳳(旺)梨龍眼坡。

ci$_t$　qe$_h$　ci$_t$　ong　　lai′　ling′　qing`　bi$_t$

八月八牽豆藤挽豆莢。

bue$_h$　qe$_h$　bue$_h$　kan　dau′　din′　van　dau′　gue$_h$

九月九風吹滿天哮。

gau　qe$_h$　gau`　hong　ce　mua　ti$_n$　hau`

十月十多瓜冰糖落歸盒。

za$_p$　qe$_h$　za$_p$　dang　gue　bing　tng′　lə$_h$　gui　a$_p$

十一月年兜邊，　家家戶戶是

za$_p$　i$_t$　qe$_h$　ni′　dau$_L$　bi$_n$^{L}　　　ge$_L$　ge$_L$　ho′　ho$_L$　di

糍圓。

sə$_L$　i$_n$′

十二月換新衫，　來過年。

za$_p$　li$_L$　qe$_h$　ua$_n$′　sin$_L$　sa$_n$　　　lai′　ge`　ni′

台國語詞句對照

(1)彳亍：玩耍。(2)博局：賭博。(3)龍船渡：划龍船。(4)碌碡：農具的一種，似楊桃狀，可將田地滾打鬆散。(5)旺梨：鳳梨。(6)坡：成熟水果自行裂開。(7)挽豆莢：採豆莢。(8)風吹：風箏。(9)哮：叫。(10)多瓜冰糖：以前訂婚時常用的糖果，一般人在農曆十月行聘禮，年底娶媳婦。(11)落歸盒：放整盒。

㈡樂 暢 歌

lok   tiong gua

一天 過 了 又 一天 ，　身 軀 无 洗
it   tian gue liau iu   it   tian   sin ku və se

專 是 蘚 ，　行 去 溪 仔 墘 洗 三 遍 ，
zuan si sian   gian ki kue a gin sue san bian

毒 死 烏 仔 魚 數 萬 千 ，　枵 鬼 查 某
tau si o a hi so man cian   iau gui za vo

搜 去 煎 ，　食 着 无 死 也 （着） 拖 屎
sa ki zian   ziah diəh və so ma   diəh tua sai

連 。
lian

解　釋

(1)蘚：體垢。(2)枵鬼：嘴饞。(3)搜：搜拿。(4)也着：也要。
(5)拖屎連：痢疾病，拉肚子。(6)墘：正字圻。

(三)育孫歌
iə˪　sun˪　gua

草蛉公
cau　ni˪　gong

草蛉公，　　褪紅裙，　　要底去，
cau　ni˪　gong　　cing˅ ang˅ gun´　　ve$_h$　də　ki˅
要等船，　　船底去，　　船拼破，　　破
ve$_h$　dan　zun´　　zun´　də　ki˅　　zun´ long` pua˅　　pua˅
底去，　　破（去）燒灰，　灰底去，
də　ki˅　　pua˅ (ki) siə˪ hu　　hu　də　ki˅
灰做肥，　　肥底去，　　肥沃菜，　　菜
hu　zə`　bui´　　bui´　də　ki˅　　bui´ a$_k$ cai˅　　cai˅
底去，　　菜賣錢，　　錢底去，　"錢買
də　ki˅　　cai vue˅ zi$_n$´　　zi$_n$´　də　ki˅　　zi$_n$´ vue
物，　　物底去，　　物給阿孫的拈。"
mi$_h$　　mi$_h$　də　ki˅　　mi$_h$ ho˪ a˪ sun e ni
"………錢娶某，某底去，某生孫。"
　　zi$_n$´ cua˅ vo`　vo`　də　ki˅

注：拈：用手指拿；正字畫。草蛉公：即蝗蟲，亦叫草蜢(me`)。

㈣童 謠
dong˅ iau´

月娘月光光，起茨田中央，
qe˅ niu´ qe˅ gngᒪ gng ki cu` can˅ diongᒪng

田螺做水缸，飾褲做眠床，脚
can˅ le´ zə` zui gng $se_k$ ko˅ zə` vin˅ cng´ ka

帛做大腸。
be_h zə` dua˅ dng´

飾褲：舊式年青婦女都穿紅色花褲。脚帛：女人綁小脚的纏脚布。

八、卻ㄎㄜㄏ 話ㄨㄝ˫ 尾ㄅㄝˋ（歇後語）

kiǝh ueˉ veˋ

1. 風ㄏㄥˉ 颱ㄊㄞˉ 渡ㄉㄜˉ 船ㄗㄨㄣˊ。

   hongˉ taiˉ doˉ zunˊ

   免ㄅㄧㄢ 撐ㄊㄝ　：免推(辭)。

   vian te

2. 乞ㄎㄧㄊ 食ㄐㄧㄚㄏ 負ㄆㄞˋ 葫ㄏㄜˇ 蘆ㄌㄜˊ。

   kit ziah painˇ hoˇ loˊ

   假ㄍㄝ 仙ㄒㄧㄢ　：假裝。

   ge sian

3. 十ㄗㄚㆴ 七ㄑㄧㄊ 兩ㄋㄨˋ。

   zap cit niuˋ

   （死）翹ㄎㄧㄠˋ 翹ㄎㄧㄠˇ

   　　kiauˋ kiauˇ

4. 頷ㆰˉ 管ㄍㄨㄣˋ 生ㄒㄧㄣˉ 瘤ㄌㄨˊ。

   amˉ gunˋ sinˉ liuˊ

   拄ㄉㄨˋ 着ㄉㄜㄏ　：碰到了。

   duˋ diǝh

5. 火燒甘蔗園。

he` siə gam˪ zia` hng´

無葉；無合：不合。葉子被燒光。

və˅ haʜ   və˅ haʜ

6. 尻川轀柄。

ka cng dau` biₙ˅

好謦：富有； 好俄：好拿，好舉。

hə qia˪   hə qia´

7. 火燒罟寮。

he` siə gɔ˪ liau´

无魚網： 无希望。   （見後註）

və˅ hi˅ vang˪   və˅ hi vang˪

8. 十全欠兩味。

siₚᵇ zuan´ kiam` lng˪ vi˪

八珍 （中藥）

baₜ din

9. 看人食米粉。

kuaₙ` lang´ ziaʜ vi  hun`

喝燒：喊燙。

huaʜ siə

10. 曲痀的跋落水。

kiau˪ gu e bua´ lə˅ zui`

彎ㄨㄢˋ 泅ㄒㄩˊ：寃仇（音同）。
uanˋ siuˊ

11. 缺ㄎㄞ 嘴ㄘㄨㄟˇ 的ㄝˇ 食ㄐㄚˋ 米ㄅ 粉ㄏㄨㄣˋ。
ki` cuiˇ eˇ $zia_h$ vi hun`
看ㄎㄞˋ 現ㄏㄧㄢˋ 現ㄏㄧㄢˋ：看得見。
kuan` hianˋ hianˋ

12. 阿ㄚ 婆ㄅㄜˊ 仔ㄚ 吃ㄐㄚˋ 麻ㄇㄚˊ 油ㄨˊ。
a bəˊ a zia_h muaˊ iuˊ
（老ㄌㄠˇ）鬧ㄌㄠˇ 熱ㄗㄚˋ：熱鬧。
lauˇ lauˇ jia_t

13. 八ㄅㄨㄟˋ 角ㄍㄚ 更ㄍㄜˋ 加ㄍ 二ㄌㄥˇ 角ㄍㄚ。
bue_h ga_k $gə_h$ ga lngˇ ga_k
一ㄐㄧㄊ 塊ㄎ 散ㄙㄨㄚˋ 散ㄙㄨㄚˇ：在此說人家作事"吊兒郎當"，不盡責任叫
zi_t ko sua_n` sua_nˇ 一蝦散散。 蝦ㄎ ko

14. 七ㄑㄧㄊ 月ㄍㄜˋ 半ㄅㄨㄚˋ 鴨ㄚ 仔ㄚˋ。
ci_t qe_h bua_n` a a_h
不ㄇˇ 知ㄗㄞˋ 死ㄒㄧ 活ㄏㄨㄚ。
m zaiˋ si hua

15. 美ㄅ 國ㄍㄜˋ 西ㄙㄝˋ 裝ㄗㄨ。
vi go_k seˋ zong
大ㄉㄠˇ 軀ㄙㄨ：大輸ㄙㄨ。
dauˇ su su

16. 賣 卵 的 爹 倒 擔 。

vue˅ lng˅ e˞ cia də daₙ

看 (它) 破 ：看開一點。

kuaₙ pua˅

17. 戶 蠅 戴 龍 眼 殼 。

ho˞ sin´ di ling˅ qing kaₖ

蓋 頭 蓋 面 ：罵人不知好歹。

kam tau´ kam vin˞

18. 墓 仔 埔 放 炮 。

vong˅ a bo bang pau˅

吵 死 人 。

ca si lang´

19. 上 帝 公 博 輸 局 。

siong˅ de gong bua˅ su giau

當 (頓) 龜 ：頓龜：跌倒。

dng gu

20. 阿 嬤 生 查 某 团 。

a ma siₙ˞ za vo giaₙ

生 (姑) 菇 ：發霉。查某团：正字諸母孬。

siₙ˞ go

21. 阿 婆 仔 生 团 。

a bə´ a siₙ˞ qiaₙ

成ㄐㄚˇ拼ㄅㄚˇ ：很拼，喻很難實現。
zia$_n$ˇ bia$_n$ˇ

22.蝦ㄏㄜˇ仔ㄚˋ行ㄍㄚˇ路ㄉㄜˋ。
heˇ a$_h$ˋ gia$_n$ˇ lo^L
倒ㄉㄜˋ彈ㄉㄨㄚˋ：反彈，不被接納。
dəˋ dua$_n$^{L}

23.曲ㄎㄠˋ痀ㄍㄨ的ㄝ落ㄉㄜˋ崎ㄍㄧㄚˋ。
kiau^L gu e ləˇ gia^L
栽ㄗㄞ栽ㄗㄞ：知知（早知道）
zai zai ：向前傾。

24.睛ㄑㄧ盲ㄇㄧˇ的ㄝ行ㄍㄚˇ路ㄉㄜˋ。
ci$_n$ miˇ e qia$_n$ˇ lo^L
摸ㄇㄜ去ㄎㄧˋ；冈ㄍㄜ去ㄎㄧˇ：還過得去。
mo ki$_h$ˋ vong kiˇ

25.睛ㄑㄧ盲ㄇㄧˇ的ㄝ食ㄐㄚˇ圓ㄧˇ仔ㄚˋ。
ci$_n$ miˇ e ziaˇ i$_n$ˇ a$_h$ˋ
心ㄒㄧㄇ內ㄉㄞˋ有ㄨ數ㄙㄜˋ。
sim lai^L iu soˇ

26.鴨ㄚˋ稠ㄉㄧㄠˇ儅ㄅㄨㄝˇ弄ㄎㄥˇ下ㄝ土ㄊㄜˋ蚓ㄨㄣˋ。
a$_h$ diauˇ vueˇ kngˇ e to^L unˋ
鴨子喜歡吃蚯蚓，在此引喻"存不住"。
稠：正字滌。土蚓：唸土成do^L。

註：“罟ㄍㄨ(go)”字在說文解字即有，台語很常用，國語從沒
　　看過，如罟飯、牽罟。本省光復前後，民生困苦帶便當
　　的飯，要從稀飯裡用一種多孔的斗狀形舀飯用具叫飯蚋
　　ㄌㄝˋ(leˋ)。匏ㄅㄨˇ桸ㄏㄧㄚ(buˇhia)或鱟ㄏㄠˇ桸ㄏㄧㄚ(hauˇhia)，是舀水用的，
　　用匏瓜做的叫匏桸，用鱟殼做的叫鱟桸。飯蚋是舀稀飯
　　裡面的飯粒，舀出來的飯等於是飯渣，比較沒有營養，
　　可見當時社會的窘狀。至於“牽罟”筆者當年在澎湖服
　　役，建馬公機場時，住在林投公園邊，那年冬天魚汛來
　　臨，晚上漁民用一張很長很大的大網，二邊都十幾個人，
　　先將網一邊在岸上，一邊用小船撒成一個ㄇ字形，然後
　　兩邊將網往岸上拉，最多一次魚獲將近兩千台斤。漁民
　　對我們幫忙者特別優待，一大桶魚只要一塊錢，這就叫
　　做倚ㄨ索ㄙㄜˋ分ㄅㄨ錢ㄐㄧˇ(ua　səh　bunˋ　zinˊ)。
　　曲ㄎㄠ疴ㄍㄨ(kiau gu)：駝背，亦即傴僂。桸：正字櫼。

九、俗語

sio_k　gu`

1. 趁錢有數，　性命着顧。
tan` zin´ iu so`　　sin` mian` diəh go`
趁錢：賺錢，閩南語用賺(zuan`)是在比較不正當情況下。
着：要（珍惜生命，不要祇顧賺錢）。

2. 人情留一線，　日後通相看。
lin´ zing´ lau´ zit suan`　　lit au` tang siə` kuan`
通相看：好相見。

3. 食緊挵破碗。
ziah` gin` long` puah uan`
挵：弄(lang)。也有人説摃(gong`)破碗。摃：正字攻。

4. 三寫四不着。
san sia` si` m` diəh
心不在焉的寫，常寫錯。

5. 嫁雞隨雞飛，　嫁狗隨狗走。
ge` gue de` gue be　　ge` gau` de` gau` zau`
嫁雞隨雞，嫁狗隨狗。隨：正字綴。

6. 人情世事陪到夠，　无鼎及无

   lin´ zing´ se su⌐ bue´ ga gau´ 　 və´ dia_n ga_h və´

   灶。

   zau´

   鼎：昔日用的鍋子。什麼事都陪送，可能連自己都沒飯吃。

7. 慣習成自然。

   guan⌐si´ sing´ zu´ lian´

   慣習：習慣。

8. 頭燒燒尾冷冷。

   tau´ siə siə⌐ ve⌐ ling ling⌐

   就是三分鐘熱度。

9. 裊雄錢失德了，　歪哥錢博輸

   hiau hiong´zi´ si_t de_k liau⌐ 　 uai gə⌐ zi_n´ bua´ su

   局。

   giau⌐

   不正常得或不正當的錢是保存不了的。歪哥：收賄賂。

10. 鳥嘴牛尻川，　仙趁都膾存。

    ziau⌐ cui⌐ qu´ ka cng 　 sian tan´ də⌐ vue⌐ cun

    收入少花費大，沒辦法存錢的。

11. 你行到飯坩，　我行到碗籃。

    li⌐ gia_n´ gau bng´ ka_n 　 qua gia_n´ gau⌐ ua_n na´

    陶磁製的盛飯器具叫坩，你在盛飯我在拿碗，時間幾乎同

    時到。

12. 月娘光咚咚，　賊仔偷挖孔。

qe niu gng dang dang　ca ah tau o kang

13. 猪頭不顧，　在顧鴨母卵。

di tau m go　di go ah vu nng

凡事應從大處着手，不顧大的顧小的得不償失。

14. 无錢成人驚，做婊的入大廳。

ve zin cian lang gian　zə biau e lip dau tian

成人：使人。人沒錢時，走到那裡都怕要被借錢，當妓女雖然下賤，但有錢時，人家都不怕，開大廳請她進去。

15. 嘴唇一粒珠，　講話不認輸。

cui dun zit liap zu　gong ue m lin su

16. 司公較勢和尚。

sai gong kah qau he siun

司公是道教、和尚是佛教的老師，兩者不同性質，無法比較，此句是批評人家，外行人說或做內行事。

17. 梳好頭蔭好面，　縛好脚蔭好身。

sue hə tau im hə vin　bak hə ka im hə sin

這是昔時婦女教育女兒、媳婦整容的經典之言。

18. 好天着詮雨來糧。

hə tin diəh cuan ho lai niu

要未雨綢繆。

19. 未曉 駛 船 嫌 溪 歪 。

    vue˅ hiau` sai` zun´ hiam˅ke uai

20. (伊 是) 无 粧 合 人 平 ， 有 粧 蓋

    i si˅ və˥ zng gaₕ lang˅biₙ´ u˅ zng gai`

倒 溪 仔 墘 。

    də` ke˥ a giₙ´

溪邊是以前婦女洗衣服的地方，稱讚某人漂亮美麗。墘：

正字圻。

21. 多 囝 餓 死 父 ， 多 新 婦 餓 死 大

    zue˅ giaₙ` qə˅ si be˥ zue˅ sin˥ bu˥ qə˅ si da˥

家 。

    ge

新婦：媳婦。大家：婆婆。多子多媳比較會互相推諉責任，

父母可能會招受不良的照顧。

22. 驚 看 日 頭 影 ， 頇 顢 查 某 摃 破

    gia kuaₙ` liₜ˥ tau˅ iaₙ` han˅ man˅ za vo` gong`puaₕ

鼎 。

    diaₙ`

一到下午，愚蠢的婦女做事慢，心情會慌張，反而把事情

做得更糟。日頭影：下午。頇顢：愚笨。

23. 吃 人 一 口 ， 還 人 一 斗 。

    ziaₕ˥ lang˅ziₜ˥ kau` hing˅lang´ ziₜ˥ dau`

24. 人ㄌㄤˇ講ㄍㄥ˘ 一ㄐㄧㆵ个ㄝˇ影ㄧㄚㄋˋ，　你ㄌㄧˋ生ㄒㄧㄥ˪ 一ㄐㄧㆵ个ㄝˇ囝ㄍㄧㄚㄋˋ。

　　lang' gong zi$_t$ e' ia$_n$` 　　 li` si$_n$˪ zi$_t$ e' gia$_n$`

25. 細ㄙㄨㄝ˪漢ㄏㄢ˪偷ㄊㄠ˪挽ㄅㄢˋ匏ㄅㄨ˙，大ㄉㄠˇ漢ㄏㄢˇ着ㄉㄜˋ偷ㄊㄠ˪牽ㄎㄢ˪牛ㄍㄨˇ。

　　sue` han` tau` van bu'　 dau' han' də` tau` kan` qu'

　　小時候的壞習慣如不糾正，長大會做更大的壞事。

　　挽匏：採匏瓜。

26. 醫ㄧ˪生ㄒㄧㄥ驚ㄍㄧㄚㄋ˪治ㄉㄧˇ嗽ㄙㄠˇ，　總ㄗㄨㄥ庖ㄅㄜˋ驚ㄍㄧㄚㄋ˪食ㄐㄚㆷ晝ㄉㄠˇ，

　　i` 　sing gia$_n$` di' sau' 　　 zong po' gia$_n$` zia$_h$ dau'

　　做ㄗㄜˋ土ㄊㆦˋ水ㄘㄨㄧˋ的ㄝㆷ，　驚ㄍㄧㄚㄋ˪掠ㄌㄧㄚㆷ漏ㄌㄠˇ。

　　zə` 　to' 　cui' e$_h$ 　　 gia$_n$` lia$_h$ lau'

　　驚：怕。總庖：廚師。食晝：吃中午餐。

27. 人ㄐㄧㄋ貧ㄅㄧㄋˇ莫ㄇㄜㆶ找ㄘㄝ˪親ㄑㄧㄋ，　言ㄍㄧㄢˇ輕ㄎㄧㄋ莫ㄇㄜㆶ勸ㄎㄨㄢˋ人ㄐㄧㄋ。

　　jin' bin' mə$_k$ ce` cin 　　 qian' kin mə$_k$ kuan` jin'

　　（文言音）人窮不要找親戚，人家是害怕借錢，人微言輕，

　　說了等於沒說，人家是不聽你的。

28. 頂ㄉㄧㄥ港ㄍㄤˋ有ㄨˋ名ㄇㄚˋ聲ㄒㄧㄚㄋ，　下ㄝˇ港ㄍㄤˋ有ㄨˋ出ㄘㄨㄊ名ㄇㄧㄚㄋˇ。

　　ding gang` u' mia' sia$_n$ 　　 e' gang` u' cu$_t$ mia$_n$'

29. 笑ㄑㄧㄜㆷ人ㄌㄤˇ貧ㄅㄧㄋˇ怨ㄨㄢˋ人ㄌㄤˇ富ㄅㄨˋ。

　　ciə$_h$ lang' bin' uan` lang' bu'

　　要不得，作人不可這樣。

30. 撲ㄆㄨㆷ人ㄌㄤˇ興ㄏㄧㄚㄇˋ（喝ㄏㄨㄚˋ）救ㄍㄨˋ人ㄌㄤˇ。

　　pa$_h$ lang' hiam` hua` 　 giu` lang'

31. 翁 婆 翁 婆 床 頭 拍 床 尾 和 。

    ang bə́ ang bə́ cng táu pah cng vè hə́

32. 目 珠 花 花 ， 觬 仔 看 作 菜 瓜 。

    vak ziu hueˋ hue bú ah kuàn zə̀ càiˋ gue

    眼睛看不清楚，亂猜。

十、笑話

ciəh　　　ueˋ

（一）狗食雨
gauˋ　ziaₕ　hoˋ

阮　大　姊　曾　給　我　講　過，　　伊　講：
quan dua ziˋ baₜ ga quaˋ gongˊ geₕ　　　iˋ　gong

伯　以　前　莊　頭　迄　个　阿　佑　伯，　　有　一
lanˋ i　zingˊ cng tauˊ hiₜ eˋ a iuˋ beₕ　　uˇ ziₜ

擺　來　找　隔　壁　家　成　仔　講　代　誌。　　迄
baiˋ laiˊ ceˇ geˋ biaₕ ga singˊ a gong daiˇ ziˇ　　hiₜ

日　拄　着　落　雨　毛　仔，　　雨　仔　霎　霎。
liₜ duˋ diəₕ ləˋ hoˋ mngˊ aₕ　　hoˋ aₕ sapₚ sap

家　成　仔　怎　兜　的　狗，　着　是　伊　久　无
ga singˊ a inˋ dau eˇ gauˋ　dəˋ siⁱ iˋ guˋ vəˇ

來，　　不　識　伊，　在　吠　伊。　伊　更　耳
laiˊ　　mˋ baₜ iˋ　　diˋ buiˋ iˋ　　iˋ gəₕ hiˋ

孔 臭 耳 聲 无 聽 下 吠 。　伊 家 己 自
kang cau` hi⌐ lang və~ tia$_n$ e bui⌐　　i⌐ ga gi⌐ zu~

言 自 語 講 ： "不 天 地 尾 啊 ！　連 狗
qian´ zu~ gi` gong`　　m⌐ ti$_n$ due⌐ veh~ ah~　　lian´ gau`

都 要 食 雨 。" 我 聽 着 笑 講 ： "伊 那
də⌐ veh ziah~ ho⌐　qua` tia$_n$ diəh~ ciəh gong　　i⌐ na

會 无 講 迄 隻 狗 一 暝 无 睏 ，　抵 好
e⌐ və~ gong hi$_t$ ziah gau` zi$_t$ mi´ və~ kun~　　du hə

在 嘘 唏 ！ "
di⌐ hah hi⌐

台國語詞句對照

(1)莊頭：村裡。(2)雯雯：擬落雨聲。(3)嘘唏：打呵欠。

(二)豈 有 此 理
　　ki iu⌐ cu li`

一 个 人 聽 別 人 講 "豈 有 此 理"，
zi$_t$ e⌐ lang´ tia$_n$ ba$_t$ lang´ gong ki iu⌐ cu li`

感 覺 即 句 話 繪 鄙 ，　着 定 定 地 溫
gam gak zi$_t$ gu` ue⌐ vue~ vai`　　də⌐ dia$_n$ dia$_n$ deh un⌐

習， 　 驚 會 未 記 的 。 　 有 一 日， 　 伊
si̍p 　 gia_n e vue gi e̍ 　 u zi̍t li̍t 　 i̍

坐 船 過 河， 　 一 下 狂 到 地 仔， 　 忽
ze zun ge hə 　 zi̍t e gong gau de a̍h 　 ho̍t

然 間 想 未 起 即 句 話 啊， 　 伊 着 船
lian gan siu_n vue ki zi̍t gu ue a̍ 　 i̍ diə̍h zun

內 四 界 趑 四 界 找 。 　 駛 船 的 人 着
lai si gue se si gue ce̍ 　 sai zun e̍ lang də

問 伊 ："頭 維， 　 你 發 不 見 啥 麼 物
mng i̍ 　 tau e̍ 　 li pa̍h m̍ gi_n sa_n mi mi

件 啊 ？" 伊 講 ："發 不 見 一 句 話 。"
gia_n a̍ 　 i̍ gong 　 pa̍h m̍ gi_n zi̍t gu ue̍

駛 船 的 講："連 話 亦 會 發 不 見 噢 ？
sai zun e̍ gong lian ue̍ ia e pa̍h m̍ gi_n o̍

豈 有 此 理 ！" 伊 聽 了 後 雙 手 扭 着
ki iu̍ cu li̍ 　 i̍ tia_n liau au̍ siang ciu qiu diə̍h

駛 船 的 成 歡 喜 講 ："你 卻 着 仔，
sai zun e zian huan hi̍ gong 　 li̍ kiə̍h diə̍h a̍h

那 會 不 較 早 講 呢 ？"
na e̍ m̍ ka̍h za gong ne̍

台國語詞句對照

(1)獪鄙：不錯。(2)定定：時常。(3)四界趖：四處繞走。(4)頭維：稱呼老板。(5)發不見啥麼物件：丟掉什麼東西。"發不"兩字合音ㄆㄤˊ，pang`。(6)扭着：抓住。(7)駛船的：搖船的。

㈢食冬瓜
zia_h dang gue

　　古早有一个員外，　　怹兜倩一
go za` u` zi_t e` quan` que`　　in` dau cia_n` zi_t
个教書的老先生，　　逐日攏請伊
e` ga` zu e` lau` sian si_n　　da_t li_t long cia_n` i`
食冬瓜，　　老先生擋獪着，　　就問
zia_h dang gue　　lau` sian si_n dong` vue` diau`　　ziu_n` mng`
員外講："您兜總无僅徒愛食冬
quan` que` gong　　lin dau zong və` gan da` ai zia_h dang
瓜噁？"員外講："着啊，　　冬瓜不
gue o_h　　quan` que` gong diə_h a`　　dang gue m`
但氣味好，　　却會補目珠，　　着加
na` ki vi` hə`　　gə_h e` bo va_k ziu　　diə_h ge

食， 目珠才會金。” 有一日， 員
zia$_h$ vak ziu zia$_h$ e gim u zi$_t$ li$_t$ quan

外趖來書房維， 看見老先生企
que^L sə lai zu bang e kua$_n$ gi$_n$ lau sian si$_n$ kia

在窗仔邊， 目珠看遠遠， 刁工
di tang a bi$_n$ vak ziu kua$_n$ hng hng^L tiau^L gang

勝作不知影有人入來全款， 員
di$_n$ zə m zai^L ia$_n$ u lang li$_p$ lai gang kuan quan

外仔企在伊的後壁喝一聲， 老
que^L a^L kia di i e au^L bia$_h$ hua$_h$ zi$_t$ sia$_n$ lau

先生斡過來， 講：“我企茲看城
sian si$_n$ ua$_t$ gue lai gong qua kia zia kua sia$_n$

內搬戲啊！” 員外仔驚一趒講：
lai^L bua$_n$^{L} hi a^L quan que^L a^L gia$_n$^{L} zi$_t$ diə gong

“城內搬戲， 你站茲看會着？”
sia$_n$ lai^L bua$_n$^{L} hi li diam zia kua e diə$_h$

老先生應伊講：“攏是你逐頓給
lau sian si$_n$ in i gong long si li dak^L dng ho^L

我食多瓜， 我目珠才會則爾仔
qua zia$_h$ dang gue qua vak ziu zia$_h$ e zia$_h$ ni$_h$ a

好！”
hə

國語：古時候，有位員外請了一位教書的老先生，每天都請
　　　他吃冬瓜。老先生受不了，就問東家："你們家難道只
　　　喜歡吃冬瓜？"員外說："是啊，這冬瓜不僅味道好，
　　　還能滋補眼睛，多吃了眼睛會特別明亮。"有一天，員
　　　外踱步來到書房，見老先生站在窗口旁眺望遠方，故意
　　　裝著不知道有人進屋裡一樣。員外走到老先生背後大喝
　　　一聲，老先生轉過身子說："我站在這兒看城裡演戲啊！"
　　　員外嚇一跳，說："城裡演戲，你看得見？"老先生回
　　　答道："都是你每天給我吃冬瓜，我的眼睛才會這樣好
　　　啊！"

台國語詞句對照

⑴員外：有錢人。⑵怎：他們。⑶兜：家庭。⑷倩：請或雇
用。⑸攏：都。⑹伊：他。⑺目珠：眼睛。⑻總无：難道。
⑼僅徒：僅。⑽氣味：味道。⑾着：對，是。⑿却會：又能。
⒀加：多。⒁則：才。⒂金：明亮。⒃趒：踱步；正字跎。
⒄跂：站著，同企。按陳冠學先生解釋很有道理，一般字、
辭典非。⒅刁工：故意。⒆勝作：裝着。⒇知影：知道，正
字知也。㉑全款：一樣。㉒斡過來：轉過身。㉓搬戲：演戲。
㉔應：回答。㉕則爾仔：這麼。

(四)田鷄仔叫

can gue aₕ giəₕ

　　甲乙兩个親家，頭一擺見面，
　　gaₕ itₜ lng e cinᴸ ge tau zitₜ bai` ginˋ vinᴸ
親家乙无抵仔好，　放一个屁。
cinᴸ ge itₜ və du a hə` bang`zitₜ eᴸ puiᴸ
甲問講："親姆甚物在叫？"乙恐
gaₕ mng gong cin m` simᴸ miₕ di giəₕ itₜ kiong
驚會无文雅，　着共回答講："田
gin e və vun qanˋ dəᴸ gangᴸhue dapₚ gong can
鷄仔叫。"甲講："那會赫臭？"乙
gue aₕ giəₕ gaₕ gong na e hiaₕ cau itₜ
講："死的啊。"更問講："抵才會
gong si e a gəₕ mngᴸ gong du ziaₕ e
叫那會死的？"乙講："叫了着死
giəₕ na e si` eₕ itₜ gong giəₕ liau` dəᴸ si`
啊。"
aₕ

台國語詞句對照

(1)親姆：親家母。(2)赫臭：那麼臭。(3)抵才：剛才。(4)着：就。

㈤阿婆仔講美國話

a　　bə´　a　　gong　vi　　gok　ue˪

　　民國四十年左右，　　美軍顧問
　　vin´　gok　si　zap　ni´　zə　iu˪　　　vi　gun　gə`　vun´

團來協防伯台灣。　　成濟啄鼻仔
tuan´　lai´　hiap　hong´　lan`　dai´　wan´　　zian`　ze˪　dok　pin´　a˪

滯在即陣的"天母"，　　聽下講一
duah　di˪　zit　zun´　e˪　　tian　və`　　　tian　e˪　gong`　zit

個美國兵仔在問一个作穡人的
e˅　vi　gok　bing　ah　di　mng˪　zit　e˅　zə`　sit　lang´　e˅

時，　　迄个作穡人共伊講："聽无
si´　　hit　e˪　zə`　sit　lang　gang˪　i˪　gong`　tian　və´

啦"，　所以即馬的天母着是聽无
lah　　so　i　zit　ma　e˪　tian　və`　də˪　si´　tian　və´

的音轉過來。　　有一擺一个阿婆
e˅　im　dng`　ge`　lai´　　u´　zit　bai`　zit　e˪　a　bə´

去找便所，　　抵好便所內底一个
ki　ce˅　bian´　so`　　du　hə　bian´　so`　lai˪　de`　zit　e˅

阿啄仔在咧，　門无鎖着下。　　阿
ah　dok　ah　di˪　leh　　mng´　və`　sə`　diau´　e˪　　a

婆仔　共伊　講："抑　不　鎖　咧"，　迄　个
bə' a　gang i　gong`　a_h　m`　sə`　le_h　hi_t　e'

美　國仔　後來　共人　講："噎，　　我　拄
vi　go_k a　au' lai'　gang lang' gong`　　e_h　　　qua` du`

着　一　个　阿　婆仔　眞　勢，　　伊　亦　會　曉
diə_h zi_t e'　a　bə' a　zin qau'　　i'　ia'　e'　hiau

美　國　話。"　因　爲　"抑　不　鎖　咧"　合　"I
vi　ko_k ue^L　　in　ui'　a_h　m`　sə`　le_h　　ga_h

am sorry"：　"否　勢"　　全　款　意　思。　　這　是
　　　　　　　pai se^L　　gang' kuan` i`　su'　　　ze　si'

正　實　代　誌，　　不　是　信　彩　講　講　咧。
zia_n si_t dai' zi'　　m^L si'　cin` cai'　gong gong` le_h

台國語詞句對照

(1)啄鼻仔：突鼻，即高鼻子，指美國人。(2)作穡人：農人。
(3)便所：廁所。(4)抵好：剛好。(5)拄着：碰到。(6)否勢：不
好意思。(7)仝款：一樣。(8)正實：確實。(9)信彩：隨便；語
音已變音。

(六)阿ㄚ 肥ㄅㄨㄟˊ 的ㄝ 找ㄘㄝˋ 醫ㄧˋ 生ㄒㄧㄥ

　　a　　bui´　e　　ce˪　i˪　　sing

　　有ㄨˊ 一ㄐㄧㄊ 个ㄝˋ 阿ㄚ 肥ㄅㄨㄟˊ 的ㄝ ，請ㄑㄧㄥˋ 求ㄍㄧㄨˊ 醫ㄧˋ 生ㄒㄧㄥ 講ㄍㄛㄥ ：

　　u´　　zit　e˪　　a　　bui´　e　　　cing`　giu´　i˪　　sing　gong`

教ㄍㄚㄏˋ 伊ㄧˋ 減ㄍㄧㄇ 肥ㄅㄨㄟˊ 的ㄝˋ 妙ㄇㄧㄠ 藥ㄧㄜㄏ 。

gah　i˪　giam bui　e˘　miau´ iəh

　　"你ㄌㄧˋ 應ㄧㄥ 該ㄍㄞ 加ㄍㄝˋ 啉ㄌㄧㄇ 寡ㄍㄨㄚㄏ 厚ㄍㄠˊ 茶ㄉㄝˊ 。" 醫ㄧˋ 生ㄒㄧㄥ 講ㄍㄛㄥˋ 。

　　li`　ing`　gai　ge˪　lim　guah　gau´　de´　　i˪　sing　gong`

　　"我ㄍㄨㄚ 會ㄝˋ 使ㄙㄞˋ 講ㄍㄛㄥ 每ㄇㄨㄟ 分ㄏㄨㄣ 鐘ㄐㄧㄥ 攏ㄌㄛㄥ 在ㄉㄧ 啉ㄌㄧㄇ 。"

　　qua`　e˪　　sai`　gong mui hun˪ zing long di　lim

　　"你ㄌㄧˋ 應ㄧㄥ 該ㄍㄞ 較ㄎㄚㄏ 多ㄗㄨㄝ 運ㄨㄣ 動ㄉㄛㄥ ， 較ㄎㄚㄏ 少ㄐㄧㄜ 睏ㄎㄨㄣ 。"

　　li`　ing`　gai　kah　zue˪　un˪　dong˪　　kah　zioh　kun˪

　　"我ㄍㄨㄚ 每ㄇㄨㄟ 日ㄌㄧㄊ 才ㄐㄧㄚㄏ 睏ㄎㄨㄣ 三ㄙㄢ 、四ㄒㄧ 點ㄉㄧㄇ 鐘ㄐㄧㄥ 爾ㄋㄧㄚ 爾ㄋㄧㄚ 。"

　　qua`　mui`　lit　ziah　kun`　san　　si`　diam´zing nia˪　nia˪

　　"安ㄢ 爾ㄋㄧ ，你ㄌㄧˋ 每ㄇㄨㄟ 日ㄌㄧㄊ 僅ㄍㄢ 徒ㄉㄚ 食ㄐㄧㄚㄏ 一ㄐㄧㄊ 片ㄆㄧㄣ 麵ㄇㄧㄣ 包ㄅㄠ ，

　　an　ni　　li`　mui lit　gan˪　da˪　ziah　zit　pin`　min˪　bau

我ㄍㄨㄚ 敢ㄍㄢ 肯ㄎㄧㄥ 定ㄉㄧㄥ 你ㄌㄧ 馬ㄇㄚ 上ㄒㄧㄛㄥ 會ㄝ 瘦ㄙㄢ 落ㄌㄜ 來ㄌㄞㄏ 。"

qua`　gan　king ding˪li`　ma siong´e˘　san˪　lə˪　laih

　　"則ㄐㄧㄚㄏ 爾ㄋㄧ 好ㄏㄜ ！不ㄇ 却ㄍㄜ 是ㄒㄧ 飯ㄅㄥ 前ㄐㄧㄥ 食ㄐㄧㄚ 抑ㄚㄏ 是ㄒㄧ 飯ㄅㄥ

　　ziah　ni´　hə`　　m˪　gə　si˘　bng˪　zing´ziah ah`　si˘　bng˪

後ㄠˋ 食ㄐㄧㄚ 較ㄎㄚㄏ 好ㄏㄜ 呢ㄋㄝ ？"

au˪　ziah　kah　hə`　ne˪

台國語詞句對照

(1)阿肥的：大胖子。(2)僅徒：一般用干涸，意思僅僅。(3)瘦落來：瘦下來。(4)則爾好：這麼好。(5)不却：不過。(6)抑是：還是，或是。

㈦ 剃 頭
　　ti`　　tau´

有一个剃頭仔，　　手頭猶未到
u zi‍t e ti` tau´ a‍h　　ciu tau´ ia‍h ve gau`
賴勢，有一擺共（共）人剃頭，刀一
lua qau´ u zi‍t bai gang (ga‍l) lang´ ti` tau´ də zi‍t
下剃落去，　　着共人剃一孔。　伊
e ti` lə‍h ki‍h　　də gang´ lang´ ti` zi‍t kang　i
心內想講那會赫爾衰。　　不信，
sim lai siu‍n gong na e hia‍h ni´ sue　　m sin
刀更俄起來，　　却給剃落去，　又
də gə‍h qia´ ki` lai´　　gə‍h ga ti` lə‍h ki‍h　　iu
却共剃一孔。　伊着眞受氣共迄
gə‍h gang´ ti` zi‍t kang　　i də zin siu´ ki` gang hi‍t
个人講："你即粒頭未輸囡仔頭
e lang´ gong` li zi‍t lia‍p tau´ vue su qin a tau´

咧ㄌㄝˋ， 等ㄉㄢˋ較ㄎㄚ老ㄌㄠˋ， 皮ㄆㆤˊ較ㄎㄚ靭ㄍㄨㄣˋ的ㆤˊ時ㄒㄧ才ㄐㄧㄚ來ㄌㄞˋ
leʰ dan` kaₕ lauˋ peˊ kaₕ junˋ eˊ siˊ ziaₕ laiˇ

剃ㄊㄧˇ。"
tiˇ

台國語詞句對照

(1)剃頭仔：理髮剛出師。(2)手頭：手藝。(3)未到賴努：不夠熟練。(4)一孔：一個洞。(5)赫尔：那麼。(6)衰：運氣不好。(7)俄：拿，舉。(8)着：就。(9)受氣：生氣。(10)囡仔：小孩子。

十一、答嘴鼓（相聲）
da_p　cui`　go`

活字典
ua˘　li˫　dian`

甲：有的字會中向你請教未？
　　u˘　e˘　li˫　e˘　　dang`hiong`li　cing　gau˘　ve_h`

乙：這你算找着人啊！　　人攏叫我
　　ze　li`　sng`　ce˫　diə_h`　lang´a　　　　lang˘　long　giə_h　qua`
　　"活字典"。
　　　ua˘　li˘　dian`

甲：活字典？
　　ua˘　li˘　dian`

乙：係啊！　　不管賴困難的字，　　我
　　he_n˫　a　　　　m˫　guan`lua˫　kun`lan´　e˘　li˫　　　　qua`
　　都會使共你回答。
　　də˫　e˘　sai　gang˫li`　hue˘　da_p`

甲：安ㄢ 尔ㄋㄧ 眞ㄐㄧㄣ 好ㄏㄜ！ 我ㄍㄨㄚ 問ㄇㄥ 你ㄌㄧ： "不ㄇ" 有ㄨ
　　an　ni　zin˙　hə`　　　 qua`　mng˙　li˙　　　　　m˙　　u˘

幾ㄍㄨ 个ㄝ 意ㄧ 思ㄙㄨ？
gui　e˘　i˘　su˘

乙：ㄇ？底ㄉㄜ 一ㄐㄧㄠ 个ㄝ ㄇ？
　　m˙　də˙　zi_t　e˙　m˙

甲：着ㄉㄜ 是ㄒㄧ "不ㄇ 好ㄏㄜ"、 "不ㄇ 行ㄍㄚ"、 "不ㄇ 通ㄊㄤ"
　　də˙　si˘　　m˙　hə`　　　　 m˙　gia_n´　　　 m˙　tang

的ㄝ "不ㄇ" 字ㄌㄧ。
e˘　　m˙　　li˘

乙：(笑)我ㄍㄨㄚ 想ㄒㄧㄨ 講ㄍㄥ 賴ㄌㄜ 困ㄎㄨㄣ 難ㄌㄢ 的ㄝ 字ㄌㄧ 咧ㄌㄝ！ 講ㄍㄥ
　　　　 qua`　siu_n˘　gong　lua˘　kun`　lan´　e˘　li˘　le_h`　　　　gong

半ㄅㄨㄚ 晡ㄅㄜ 着ㄉㄜ 是ㄒㄧ 即ㄐㄧㄠ 字ㄌㄧ "不ㄇ" 字ㄌㄧ。 安ㄢ 尔ㄋㄧ
　　bua_n`　bo　də˙　si˘　zi_t　li˙　　m˙　li˘　　　　an　ni

眞ㄐㄧㄣ 簡ㄍㄢ 單ㄉㄢ， 一ㄐㄧㄠ 句ㄍㄨ 話ㄨㄝ 內ㄌㄞ 底ㄉㄨㄝ， 加ㄍㄝ 一ㄐㄧㄠ
zin˙　gan　dan　　　zi_t　gu　ue˘　lai˘　due`　　　ge　zi_t

个ㄝ "不ㄇ" 字ㄌㄧ， 意ㄧ 思ㄙㄨ 着ㄉㄜ 合ㄏ 原ㄍㄨㄢ 來ㄌㄞ 顚ㄉㄧㄢ
e˘　　m˙　li˘　　　 i˘　su˘　də˙　ga_h　quan˘　lai´　dian

倒ㄉㄜ 反ㄅㄥ。
də`　bing`

甲：敢ㄍㄚ 安ㄢ 尔ㄋㄝ？
　　gam　an　ne

乙：不信伯來試看味？

    m˪ sin˅ lanˋ lai˅ ci˪ kua$_n$ˋ mai˪

甲：我是留學生。

    quaˋ si˅ liu˅ ha$_k$ˋ sing

乙：我不是留學生，　合你倒反。

    quaˋ m˪ si˅ liu˅ ha$_k$ˋ sing　ga$_h$ liˋ dəˋ bingˋ

甲：安爾你是什物？

    an ne liˋ si˅ sim˪ mi$_h$ˋ

乙：我是你的先生啊！

    quaˋ si˅ li˅ e˅ sian˪ si$_n$　a

甲：你安爾着要做我的先生？　講

    liˋ an ne də˅ ve$_h$ zəˋ quaˋ e˅ sian˪ si$_n$　　gong

續落：　我每日食飯。

    suaˋ lə$_h$ˋ　　quaˋ mui li$_t$ zia$_h$ˋ bng˪

乙：我每日不食飯。

    quaˋ mui li$_t$ m˪ zia$_h$ˋ bng˪

甲：安爾你不餓死啊！

    an ne liˋ m˪ gə˪ si˅ a$_h$ˋ

乙：我是講我不食米飯，　我食麵

    quaˋ si˅ gong quaˋ m˪ zia$_h$ˋ vi bng˪　　quaˋ zia$_h$ˋ mi˅

包。

bau

甲：更續落講：我是阮母仔生的。

　　gəh sua ləh gong qua si quan vu a sin e

乙：我不是阮母仔生的。　噯！你

　　qua m si quan vu a sin e　 aih li

　　那會攏講茲的？

　　na e long gong zia e

甲：看起來，　一句話內底加一个

　　kuan ki lai　zit gu ue lai due ge zit e

　　"不"字是表示意思倒反！

　　m li si biau si i su də bing

乙：活字典的話那會不着？

　　ua li dian e ue na e m diəh

甲：不知有表示无倒反的意思无。

　　m zai u biau si və də bing e i su və

乙：无。

　　və

甲：无定着噢！　河洛人有時陣罵

　　və dian diəh o　hə lə lang u si zun ma

　　人，　講人"否物"，(指乙)你即个

　　lang　gong lang pai mih　li zit e

　　否物！

　　pai mih

乙：噯ㄞˊ！　你ㄌㄧ那ㄋㄚ會ㄝˇ對ㄉㄨ我ㄍㄨㄚ講ㄍㄥ茲ㄐㄧㄚ的ㄝ？
　　ai´　　　li　na　e´　dui`　qua`　gong　zia　e

甲：我ㄍㄨㄚ這ㄗㄝ是ㄒㄧ共ㄍㄥ你ㄌㄧ舉ㄍㄨ一ㄐㄧㄊ个ㄝ例ㄌㄝ唎ㄌㄝㄏ，　伯ㄌㄢ
　　qua`　ze　si´　ga　li　gu⌐　zi_t　e⌐　le⌐　le_h⌐　　　　lan

　　二ㄌㄤ个ㄝ是ㄒㄧ好ㄏㄜ朋ㄅㄥ友ㄨ，　　我ㄍㄨㄚ敢ㄍㄢ會ㄝˇ使ㄙㄞ罵ㄇㄚ
　　lng´　e´　si´　ho　bing´　iu　　　qua`　gam　e´　sai`　ma⌐

　　你ㄌㄧ是ㄒㄧ否ㄆㄞ物ㄇㄧㄏ嗎ㄇㄚ？　你ㄌㄧ不ㄇ是ㄒㄧ否ㄆㄞ物ㄇㄧㄏ！
　　li`　si´　pai`　mi_h　ma⌐　　　li`　m⌐　si´　pai`　mi_h

乙：你ㄌㄧ才ㄐㄧㄚ不ㄇ是ㄒㄧ否ㄆㄞ物ㄇㄧㄏ唎ㄌㄝㄏ！
　　li`　zia_h　m⌐　si´　pai`　mi_h　le_h⌐

甲：你ㄌㄧ看ㄎㄨㄚ下ㄝˇ！　伯ㄌㄢ安ㄢ尔ㄋㄝ講ㄍㄥ問ㄨㄣ題ㄉㄝ着ㄉㄜ出ㄊㄨ
　　li　kua_n`　e´　　　lan`　an　ne　gong　vun´　de´　də　cu_t

　　在ㄉㄞ茲ㄐㄧㄚ。　講ㄍㄥ你ㄌㄧ是ㄒㄧ否ㄆㄞ物ㄇㄧㄏ是ㄒㄧ罵ㄇㄚ你ㄌㄧ，
　　di⌐　zia　　　gong　li　si´　pai`　mi_h　si´　ma⌐　li⌐

　　講ㄍㄥ你ㄌㄧ不ㄇ是ㄒㄧ否ㄆㄞ物ㄇㄧㄏ，　也ㄇ是ㄒㄧ罵ㄇㄚ你ㄌㄧ，
　　gong　li　m⌐　si´　pai`　mi_h　　　ma⌐　si´　ma⌐　li⌐

　　有ㄨ无ㄜ即ㄐㄧㄊ个ㄝ"不ㄇ"字ㄉㄚ攏ㄌㄥ是ㄒㄧ罵ㄇㄚ人ㄌㄤ，
　　u⌐　və´　zi_t　e⌐　　　m⌐　li⌐　long　si´　ma⌐　lang⌐

　　並ㄅㄥ无ㄜ表ㄅㄧㄠ示ㄒㄧ顛ㄉㄧ倒ㄉㄜ反ㄅㄥ的ㄝ意ㄧ思ㄙㄨ啊ㄚ！
　　bing´　və´　biau　si´　dian　də`　bing´　e´　i　su´　a⌐

乙：這ㄗㄝ是ㄒㄧ例ㄌㄝ外ㄍㄨㄚ，　是ㄉㄧ別ㄅㄚㄊ的ㄝ所ㄙㄜ在ㄗㄞ着ㄉㄜ攏ㄌㄥ
　　ze　si´　le⌐　qua⌐　　　di´　ba_t　e´　so　ᴣai⌐　də´　long

表 示 倒 反 。
biau sí də̀ bing̀

甲：敢 安 尔 ？ 好 ！ 你 共 我 分 析 即 句
gam a ne hə̀ li̇̀ gang̣ quà hun sek zit

句 ： 成 鬧 熱 ……
gu̇̀ zia̱ṇ lau̇́ let

乙：着 是 眞 鬧 熱 。
də̣̀ sí ziṇ lau̇́ let

甲：不 成 鬧 熱 。
ṃ̀ zia̱ņ lau̇́ let

乙：着 是 眞 无 鬧 熱 ， 安 怎 樣 ， 活
də̣̀ sí ziṇ və̀ lau̇́ let an zua̱n iu̱ņ uȧ̀

字 典 你 問 繪 倒 乎 ？
li̇̀ diaǹ li̇̀ mng̀ vuè də̀ ho̱ņ

甲：猶 安 怎 樣 ， 根 本 不 着 ， 阮 先
iau an zua̱n iu̱ņ gun buǹ ṃ̀ diəh qua̱ǹ siaṅ̀

生 講 ……
si̱ṇ gong

乙：你 等 下 ！ 我 抵 才 是 信 彩 講 講
li̇̀ daǹ e̱ḥ̀ quà du zia̱ḥ̀ si̇̀ ciǹ caì gong go̱ng̀

唎 ， 其 實 免 用 及 您 先 生 ， 我
le̱ḥ̀ gi̇̀ sit viaǹ iong̀ ga̱ḥ lin siaṅ̀ si̱ṇ quà

着 會 使 回 答 你 。

də˥ eˇ sai hueˇ da$_p$ li$_h$

甲：你 敢 正 實 有 法 度 啊？

liˋ gam zia$_n$ si$_t$ uˇ hua$_t$ də˥ a˥

乙：安 尔 啦， 你 目 珠 瞌 瞌， 給 我

an ne la$_h$ liˋ va$_k$ ziu kue kueˋ ho˥ quaˋ

想 一 分 鐘， 我 連 鞭 回 答 你。

siu$_n$˥ zi$_t$ hun˥ zing quaˋ lianˋ bi$_n$ˋ hueˇ da$_p$ li$_h$

甲：你 想 你 的， 叫 我 瞌 目 珠 創 啥？

liˋ siu$_n$˥ liˋ e´ giə$_h$ quaˋ kueˋ va$_k$ ziu congˋ sa$_n$ˋ

乙：這 你 勿 管， 你 目 珠 瞌 一 下，

ze liˋ maiˋ guanˋ liˋ va$_k$ ziu kueˋ zi$_t$ e˥

我 着 會 想 出 來。

quaˋ də˥ eˇ siu$_n$˥ cu$_t$ lai´

甲：(無可奈何狀)好 啦， 目 珠 瞌 着 瞌 (瞌目珠)。

həˋ la$_h$ va$_k$ ziu kueˋ də˥ kueˋ

乙：(趕緊掃出一本詞典翻看，緊弄 倒 轉) 噫！我 想

kngˋ də˥ dngˋ e$_h$ quaˋ siu$_n$˥

出 來 啊！

cu$_t$ lai´ a$_h$

甲：(目珠金對觀眾)抑 真 勁 勢！ 我 目 珠 瞌 一

a$_h$ zin˥ qau´ quaˋ va$_k$ ziu kueˋ zi$_t$

　　下ㄝ 仔ㄚ ， 伊ㄧ 着ㄉㄜ 想ㄒㄧㄨ 出ㄘㄨ 來ㄌㄞ 啊ㄚ ！
　　e　　a　　　i　　də　siun　cu　lai　a

乙：是ㄒㄧ 安ㄢ 尔ㄋㄜ ， "不ㄇ 成ㄐㄧㄚ" 合ㄍㄚ "成ㄐㄧㄚ" 的ㄝ 意ㄧ
　　si　an　ne　　　　m　zian　gah　zian　e　i

　　思ㄙㄨ 全ㄍㄨㄥ 款ㄎㄨㄢ ， 攏ㄌㄥ 合ㄍㄚ "眞ㄐㄧㄣ" 的ㄝ 意ㄧ 思ㄙㄨ 差ㄘㄚ
　　su　gang　kuan　　long　gah　zin　e　i　su　ca

　　不ㄅㄨㄊ 多ㄉㄜ 。 所ㄙㄜ 以ㄧ "不ㄇ 成ㄐㄧㄚ 鬧ㄌㄠ 熱ㄌㄝㄊ" 及ㄍㄚ "成ㄐㄧㄚ
　　but　də　so　i　　m　zian　lau　let　gah　zian

　　鬧ㄌㄠ 熱ㄌㄝㄊ" 攏ㄌㄥ 是ㄒㄧ "眞ㄐㄧㄣ 鬧ㄌㄠ 熱ㄌㄝㄊ" 。
　　lau　let　long　si　zin　lau　let

甲：你ㄌㄧ 却ㄍㄜ 有ㄨ 二ㄌㄧ 步ㄅㄜ 七ㄑㄧㄊ 仔ㄚ 噢ㄛ ！
　　li　gəh　u　li　bo　cit　ah　o

乙：到ㄍㄚ 今ㄉㄢ 你ㄌㄧ 才ㄐㄚ 知ㄗㄞ 。
　　ga　dan　li　ziah　zai

甲：你ㄌㄧ 即ㄐㄧㄊ 攏ㄅㄞ 講ㄍㄥ 的ㄝ 合ㄍㄚ 阮ㄍㄨㄢ 先ㄒㄧㄢ 生ㄒㄧ 講ㄍㄥ 的ㄝ 差ㄘㄚ
　　li　zit　bai　gong　e　gah　quan　sian　sin　gong　e　ca

　　不ㄅㄨㄊ 多ㄉㄜ 。
　　but　də

乙：若ㄋㄚ 无ㄨㄜ ， 人ㄌㄤ 安ㄢ 怎ㄗㄨㄚ 叫ㄍㄧㄜ 我ㄍㄨㄚ 活ㄨㄚ 字ㄌㄧ 典ㄉㄧㄢ ？
　　na　və　lang　an　zuan　giəh　qua　ua　li　dian

甲："不ㄇ 成ㄐㄧㄚ" 的ㄝ "不ㄇ" 字ㄌㄧ 猶ㄧㄠ 无ㄨㄜ 倒ㄉㄜ 反ㄅㄧㄥ 的ㄝ
　　m　zian　e　　m　li　iau　və　də　bing　e

意思啊！

i su a

乙：這也是一个例外的語言狀況。

ze ma si zit e le quat e qu qian zong hong

一般一句話內底的"不"攏表

it buan zit gu ue lai due e m long biau

示否定的。　在"不成"即个詞

si hon ding e di m zian zit e su

內底，　它着表示肯定的啊。

lai de it de biau si king ding e a

甲：你講"不成"表示肯定噢。

li gong m zian biau si king ding oh

乙：无不着，"不成鬧熱"着是"成

vo m dioh m zian lau let de si zian

鬧熱"，這不是肯定是啥麼？

lau let ze m si king ding si san mih

甲：安尔！你講"不真簡單"合"真

an ne li gong m zin gan dan gah zin

簡單"，應該是肯定的？　抑是

gan dan ing gai si king ding e ah si

否定的？

hon ding e

乙：這…這…，你更目珠瞌一下仔，
　　ze　　ze　　li`　gəh　vak` ziu kue` zit　e`　a`

　　我想看下！
　　qua` siun` kuan` e`

甲：(對觀眾講：即款代誌真罕的！伊想
　　　　　　　　zit　kuan`dai` zi` zin han` eh`　　i` 　siun`

　　問題着愛叫我目珠瞌！)(瞌目珠。)
　　vun` de´ diəh ai` giəh qua` vak` ziu kue`

　　目珠瞌囉！
　　vak` ziu kue` lo`

乙：(趕緊撏出詞典來看看下。)
　　guan gin` jim´ cut　su` dian`lai´ kuan`kuan` e`

甲：(目珠偷偷仔開，發現詞典)
　　vak` ziu tau tau　a　kui　hua hian`su` dian`

　　噯！你即个活字典着是安尔
　　ai´　　li` zit　e` ua` li` dian`də` si` an　ne

　　噢！(一下搶過去，乙緊揥走)揥來看味。
　　oh`　　　　　　　　　　　　　teh lai` kuan`mai`

乙：好！即下你着成活字典囉，
　　hə`　　zit　e` li` də` sing ua` li` dian`loh`

　　你講看味這不成簡單合成簡
　　li`　gong kuan`mai` ze　m` zian` gan dan gah zian` gan

單 是 眞 簡 單 抑 是 不 眞 簡 單 ？
dan siˇ zin˪ gan dan a˪ₕ siˇ m˪ zin˪ gan dan

甲：這 詞 典 講 "不 成 簡 單" 才 做 完
ze suˇ dian` gong m˪ ziaₙˇ gan dan ziaₕ zə` uanˇ

功 課 合 "成 簡 單" 做 完 功 課 的
kang˪ ke˪ gaₕ ziaₙˇ gan dan zə` uanˇ kang˪ ke˪ eˇ

意 思 全 款，攏 是 講 "不 成 簡 單"
iˇ suˇ gang˪ kuan` long si˪ gong m˪ ziaₙˇ gan dan

才 做 完 功 課 。
ziaₕ zə` uanˇ kang˪ ke˪

乙：乎 ！ 即 个 "不 成" 更 變 成 否 定
ho˪ₙ zi˪ₜ e˪ m˪ ziaₙˇ gəₕ vian` singˇ ho`ₙ ding˪

啊 ！
a˪

甲：你 看 下 ， 一 个 "不 成" 字 着 有 赫
li` kuaₙˇ e˪ zi˪ₜ e˪ m˪ li˪ də˪ uˇ hiaₕ

尔 多 的 學 問 。
hiₕ zue˪ eˇ hak vunˇ

乙：看 起 來 學 河 洛 話 是 眞 无 簡 單
kuaₙ` ki˪ lai˪ ə˪ həˇ lə˪ ue˪ si˪ zin˪ vəˇ gan dan

乎 ！
ho˪ₙ

台國語詞句對照

(1)的、這、在、才、也、勿、到：正字維或於右旁之令、之、
昰、即、麼、微、佫。(2)看昧：看看。(3)敢安尔？：是這樣
嗎？(4)倒轉：回去。(5)目珠金：眼睛張開。(6)瞇瞇：閉着眼
睛。(7)功課：工作。

第四章　附錄篇

一、對閩南語聲符改進的理由

　　A.語文並非少數人的專利，應當想辦法使一般大眾，容易了解，容易記憶，甚至能在很短的期間內，能夠寫出來。目前在書店、圖書館出現很多有關閩南語的辭書，單從聲符來講就有四、五種版本。現在僅將常見的三種聲符，加以論述比較。

甲、 台灣目前數字 調　　　號	第一聲 東①	二 黨②	三 棟③	四 督④	五 同⑤	六 黨⑥	七 洞⑦	八 毒⑧
乙、 廈門拼音方案 調　　　號	第一聲 東①	二 同②	三 黨③	四 棟④	五 洞⑤	六 督⑥	七 毒⑦	
丙、 羅馬字母調號	第一聲 東	二 同^	三 黨′	四 棟﹨	五 洞ˉ	六 督	七 毒︱	

B.本文擬改用的聲符為：直覺式的國語聲符 ˊ、ˇ、ˋ 加上英文字母式的 L、 b 等五個來辨別閩南語七聲的聲符。

如： 東 同ˊ 棟ˇ 黨ˋ 洞L 督b 毒

C.改進的理由請觀後敘：

照上面所列甲、乙兩項聲符，除第一聲相同外，其他聲符全然不同，對於閱讀者勢必經過一番重組，才能看懂它的讀法。很自然影響閱讀的興趣，被接受的層面自然而然的縮小了。再者，筆者曾經任職過美商電子公司，工廠裡有聘請工業工程系畢業的工程師，專門負責生產流程的分析，所以瞭解在一條生產線上，如果一台電子產品有 250 個零組件，以 50 位作業員，每位作業員負責裝配 5 個零件，其效率顯然比 32 位作業員，每位作業員負責裝配 8 個零件，其效率高出很多，故障率較少。換句話說，50 位作業員每天 8 小時，可能生產 500 台電子產品；同樣情形，32 位作業員生產不到 300 台。如同我們所使用的電話號碼，以前只有 5 位數字時，很容易記住；現在使用 7 位數字，中間要加一橫線，分成兩段才好記憶。例如 195-6128，顯然比 1956128 容易認住；又如現在汽車牌照號碼，是兩位英文字母在前頭，接下來用四位阿拉伯數字，如 DM7128；機車牌照號碼則頭三位用英文字母，後三位用阿拉伯數字·如 DML128。其目的，可讓違規者容易被路人或執法警察記住、或辨認。丙項羅馬字母調號，雖然僅用 ^ / \ ー| 五個聲符，符合容易記憶原則，但嚴

重的是，自小學甚至幼稚園就訓練的國語聲符：第二聲低平
（陽平），國語用ˊ符，台語用^符；第三聲上聲國語用ˇ符，
台語用\符；第四聲國語用ˋ符，台語則用/符，顯然很容易
在不知不覺中，把它弄混了。

　　至於以每字的四個角，繞兩圈來表聲符。如：ₒ東、ᶜ黨、
棟ᶜ、督、ₒ同、黨、洞ᵒ、毒ₒ，以做七聲的聲符，似乎應用
於考據上尚可，在日常的應用上與用七個、八個阿拉伯數字
聲符，同樣不便記憶。

　　筆者因非科班出身，研究音韻期間當時看懂，但潛意識
裡，總想陰性較矮較小，陽性較高較大，所以總是記不清楚，
陰平陽平是什麼？當看到王育德博士於公元 1954 年夏天，在
東京大學理工研究所實驗台語所謂「八聲」的波形圖後，恍
然大悟，如圖：

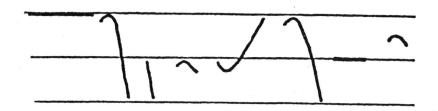

原來高音的叫陰，低音的叫陽，如用女平音、男平音還比較
容易了解，爲了解決平日總覺得很不方便的聲符，逐將聲音
的波形圖，作了進一步分析，將聲符依波的形狀，音頻的高
低做爲聲調的符號，從所得的波形圖A演化到圖C。

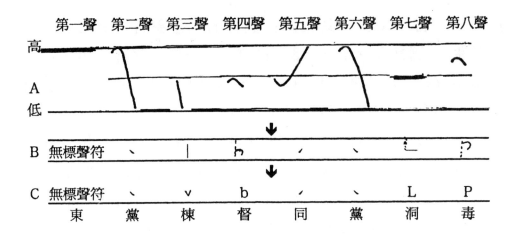

以第一聲不標調。第二聲象形ヽ。第三聲應爲丨，但爲與北京音標取得一致改以ˇ爲聲符。第四聲擬成聲符以與第八聲辨別聲調的高低以♭爲聲符。第五聲象形ˊ。第六聲同第二聲，二取一即可。第七聲爲與第一聲區別，以Ｌ爲聲符。第八聲以Ｐ爲聲符，由此可看出聲調較♭高。依順序得ヽ ˇ ♭ ˊ ヽ Ｌ Ｐ。

　　但是第八聲爲高頻入聲字，在標明注音符號時，最後的字母有ㄏ(h)、ㄆ(p)、ㄊ(t)、ㄎ(k)。已知它是入聲字，而入聲字只有兩組，一組低頻入聲字用♭爲聲符，爲簡化起見，也就不標聲符了。因此第八聲以Ｐ爲聲符的這個Ｐ符省掉不用了。

　　結論：以ˊ ˇ ヽ 及Ｌ♭五個符號，就能標出台語的七聲。
　　　　ˊ ˇ ヽ 三個聲符，自小學甚至幼稚園就已學習，潛

意識就能唸出聲調。因此剛開始學習台語文時，祇
要先將實驗八聲的波形圖告訴學習者，要辨別出 Lﾄ
及高音入聲字，很快就有心得了。

D.重組後的注音：

1.傳統式：　　　　　東①　黨②　棟③　督④　同⑤　黨⑥　洞⑦　毒⑧

2.Lﾄ式：　　a.　東不標符　同ˊ　棟ˇ　黨ˋ　洞L　督ﾄ　毒不標符

3.注音符號：　　　ㄉㄛ　ㄉㄛˊ　ㄉㄛˇ　ㄉㄛˋ　ㄉㄛL　ㄉㄛㄅ　ㄉㄛㄅ

4.英文注音：　　　dong　dongˊ　dongˇ　dongˋ　dong^L　do$_k$ﾄ　do$_k$

5.另例：　　b.　君ㄍㄨㄣ　裙ㄍㄨㄣˊ　棍ㄍㄨㄣˇ　滾ㄍㄨㄣˋ　郡ㄍㄨㄣL　骨ㄍㄨㆵﾄ　滑ㄍㄨㆵ

　　　　　　c.　弓ㄍㄧㄥ　強ㄍㄧㄥˊ　供ㄍㄧㄥˇ　襲ㄍㄧㄥˋ　共ㄍㄧㄥL　菊ㄍㄧㄎㄅ　局ㄍㄧㄎ

　　　　　　d.　勘ㄎㆰ　黔ㄎㆰˊ　崁ㄎㆰˇ　砍ㄎㆰˋ　硈ㄎㆰL　闊ㄎㄨㄚㄆ　磕ㄎㄨㄚ

　　　　　　e.　刀ㄉㄛ　逃ㄉㄛˊ　到ㄉㄛˇ　倒ㄉㄛˋ　導ㄉㄛL　桌ㄉㄛㄏ　焯ㄉㄛㄏ

E.現代聲調說法：

1.高平調：不標聲符　　　例　　東ㄉㄛ　dong

2.升高調：ˊ　　　　　　　　　同ㄉㄛˊ　dongˊ

3.中降調：ˇ　　　　　　　　　棟ㄉㄛˇ　dongˇ

4.高降調：ˋ　　　　　　　　　黨ㄉㄛˋ　dongˋ

5.中平調：L　　　　　　　　　洞ㄉㄛL　dong^L

6.低促調：ﾄ　　　　　　　　　督ㄉㄛㄅ　do$_k$ﾄ

7.高促調：ｐ　（低促調與高促調兩者取一，不標聲符）

　　　　　　　　　　　　　　　毒ㄉㄛㄅ　do$_k$

二、閩南語的繫(虛)詞

　　閩南語的虛詞到現在猶無統一的寫法，各人攏無甚仝。根據鄭良偉教授在 "走向標準化的台灣語文" 中列出：杉房(1903 年)、甘為霖(1913)、總督府(1931~2)、連橫(1933)、陳飛龍(1934)、郭一舟(1950)、王育德(1969)、蔡培火(1969)、吳守禮(1984)、黃典誠數人(1982)、村上(1981)、荔鏡記（明清）、林有來(1949)、聖詩(1964?)、啓應文(1964)、吳瀛濤(1975)、黃春明(1976)、黃武東(1981~2)、許成章(1967)等學者及學術單位所出的文獻。本人所用的虛詞，祇好依照上列的年代的遠近來選用，年代較近發表的學者，因為恁要找的資料比較加多，寫出的字句應該較合需要。但是造出一可筆劃較濟，抑是真少人用的字，我着用年代相近，比較加多人用的字。現在列出所用的繫(虛)詞，供大家做參考；但當看到陳冠學先生所著的 "台語的古老與古典" 後，遂請即位大師搋(提)出正確用字。

ㄚ	a	仔,子,兒	ㄅㄥ	bing^L	並
ㄚ˙	a_h^b	抑	ㄅㄚㄊ	da_k	逐
ㄢ ㄗㄨㄚ˙	an zua_n`	安怎	ㄅㄚ	da_n	今
ㄢ˙	an` ne	安爾,安寧	ㄅㄤ	dang`	(會)中去=得通
	ba_t	別,曾(去),識字	ㄅㄠ	dau`	輳(幫忙)

注音	羅馬字	字義	注音	羅馬字	字義
ㄉㄜ	də	底(位)	ㄍㄢˋ ㄍㄧㄢˋ	gam`; giam`	敢
ㄉㄜ˙ ㄉㄧˇ	de$_h$; di$_h$	載(讀冊)	ㄍㄢˋ	ga$_n$`	敢
ㄉㄜ˪	də˪	都	ㄍㄢˋ ㄉㄚ˪ ㄋㄚ˪	gan-da˪/na˪	僅徒
ㄉㄧㄚˋ ㄉㄚˋ	diam`; dam	站	ㄍㄤ˪	gang˪	(相)共
ㄉㄧㄠ´	diau´	(掠)著	ㄍㄤ˪ ㄍㄚ˪	gang˪; ga˪	共,給
ㄉㄧㄠ˪ ㄊㄧㄠ˪	diau˪; tiau˪	特(工),刁(工)	ㄍㄚ˙ ㄍㄚ˙	ga$_p$; ga$_h$	及,合
ㄉㄧㄜ˙	dio$_h$`	着(愛)	ㄍㄠˋ	gau`	夠(額)佫
ㄉㄧ˪	di˪	昰,是	ㄍㄠˋ ㄍㄚ	gau`; ga	佫,(位);(今)
ㄉㄧ˪ ㄒㄧˊ	di˪ si´	底時,是時	ㄍㄠˋ ㄍㄚ˙	gau`; ga$_h$	佫,(好)佫(欲死)
ㄉㄧㄥˋ	ding`	頂	ㄍㄨㄚ˪ ㄐㄨㄚ˪ ㄌㄨㄚ˪	gua˪, jua˪, lua˪	賴
ㄉㄨ	du	抵(好)	ㄍㄜ˙	gə$_h$	咯
ㄉㄨˋ	du`	拄(着)	ㄍㄜ˙	gə$_h$	却,更(再);(又)却
ㄉㄨㄚˋ	dua`	滯(何位),贅	ㄍㄨㄢˋ	guan`	阮
ㄉㄨㄝˋ	due`	隨(人走),綴,	ㄍㄨㄧ	gui	歸(個),歸(身軀),規(家)
ㄉㄨㄧˋ	dui`	對	ㄏㄝ	he	非
ㄝˊ	e´	(三)个	ㄏㄧㄚ	hia	彼
ㄝˊ	e´	(我),維,令	ㄏㄧㄚ˙	hia$_h$	赫
ㄝˊ	e´	會(使),會(曉)	ㄏㄧㄚ˙ ㄋㄧ˙ ㄌㄧㄣ	hia$_h$-ni$_h$/lin	赫爾
ㄍㄚ ㄉㄧ˪ ㄍㄧ˪	ga-di˪/gi˪	家己	ㄏㄧ˙	hi$_t$	迄

羅馬拼音	釋義	羅馬拼音	釋義
ho^L	與,(損)與(入去); -伊,-伊去,-伊罵	m^L dia_n^L/na^L	不但
ho_n	乎	na	那(會按呢)
i	伊	na^L	若,如
iau`/ia`	猶(未)	nia^L nia^L	爾爾=而已
in^L	偆	o	烏
ka_h	加(緊)	o_h`; o^L	噢
la_h; la^L	啦	pai_n`; pai`	否,敗,痞,圮
lan`	俉;	sian`; sam	啥
le_h; le^L	咧	siu_n	傷(過頭)
lə_h; lo	囉	sua_h	煞
lə_h-ki_h	落去	sui´	隨
li`	你	tan`	趁
lia_h	掠	tang	通(去)
lian^L bi_n	連鞭,臨邊	və´	无
lin`	您	ve_h`	每
long	攏,籠	ve^L	(猶)未
mai`	微(去)	vong`	罔(去)
ma^L	莫,麼(是)	vue^L	未,燴(使),燴(曉)
mi`; mi_h	麼	ze	這,之
m^L	不(免),不(是)	ze^L; zue^L	多(濟)

ㄐㄚ	zia	茲	ㄐㄥㄚ	zia$_n$$^{\llcorner}$	成(好勢)
ㄐㄚㄏ	zia$_h$	偌,者;(這麼)好	ㄗㄩㄥ´	ziong´	從(迄時)
ㄐㄚㄏˋ	zia$_h$$^{\llcorner}$	(剛剛),(抵)即	ㄐㄧㄊ	zi$_t$	即
ㄐㄚㄏㄝ˩	zia$_h$-e$^{\llcorner}$	茲令,儕	ㄐㄩˋ ㄉㄜˋ ㄉㄜㄏ	ziu$^{\llcorner}$; də$^{\llcorner}$; die$_h$	就;着;着
ㄐㄚㄏ ㄋㄏ	zia$_h$-ni$_h$	則爾(即爾)			

三、台語繫(虛)詞用字吟

正字有它維功能，

zia_n` ji˩ u´ i˩ e´ gong˩ ling´

古冊看着既分明，　　　古典書才能看懂。

go ce_h kua_n` di_əh zia_h hun˩ ming´

簡字有它令好用，

gan ji˩ u´ i˩ e´ hə ing˩

好看好學字劃省。

hə kua_n´ hə əh ji´ ue` sing`

懶麼既濟用成濟，　　　成濟：很多。

lan` ma˩ zia_h ze˩ ing˙ zia_n´ ze˩

伯也才多无幾劃，

lan` ma˩ zai´ də və´ gui ue˩

若是攏用茲令替，　　　茲的：這些。替：替代。

na´ si˩ long ing´ zia e te´

會合國語成和齊。　　　成和齊：很整齊、很相同。

e´ ga_h go_k qu` zia_n´ hə´ ze´

　　也就是懶→伯；麼→也；既→才；濟→多。

「可」的意思若是「通」，

kə` e˥ i su na` si` tang

可若口音合通全，　　口音：口語音。

kə` na` kau im gaₕ tang gang´

寫可比通加輕鬆，　　即是通→可。

sia kə bi tang kaₕ kin˥ sang

向望逐个攏來奉。　　奉：捧場。

ng` vang´ daₖ e´ long lai` pang´

較曾到在的要給識勿，

gau` zan də` zai˥ deₖ iau` ga˥ seₖ buₜ

單字用在口語加音發，　　音發：發音。

dan ji˥ ing` di` kau gu` ge˥ im huaₜ

勿較曾到在的要給識，

mai kaₕ baₜ gau` di˥ e´ beₕ ho˥ baₜ

馬上國台對照意思達。　　達：通達，相

ma siong˥goₖ dai´ dui` ziau` i` su` daₜ　　同。

以上十四字若改，

i siong˥zaᵖ si` ji˥ na` gai`

大家用着笑改改，

dai´ ge˥ ing` diəₕ ciəₕ hai˥ hai

按照即款來安排，

n` ziu` ziₜ kun lai` an˥ bai´

台語回復好期待。
dai gu hue hok hə gi dai

漢字是看它令意，
han ji si kua_n i e i

全音上多百外字，
gang im siong zue bah qua ji

多劃令字有可議，
zue ue e ji iu kə qi

是不改用簡體字。　是不：是否。
si m gai ing gan te ji

四、正確發音

　　有些地方現在已將聲母卩→ㄌ（j → l），這是不正確的，筆者也是其中之一，現將常用的字列於下面，以供參考：如（棋）子卩ㄐ（ji_h）、兒、仍、扔、二、膩、餌、字、遮、惹、喏、冉、染、燃、然、熱、爪、擾、搔、抓、皺、繞、遶、饒、尿、溺、忍、刃、靭、任、賃、人、仁、紉、認、弱、辱、肉、搦、冗、壤、嚷、茸、戎、絨、湢、讓、入、日、趄、揉、挼、叡、睿、愈、乳、茹、俞、瑜、衲、如、孺、儒、癒、裕、閏、潤、嫩、緌等等。

編 後 語

　　筆者最小的兒子，從出生就喜歡以電視機為伴，剛學說話時就以國語發音，平時母語說得不很流利，常常將"不ㄇ是"說成"無ㄌˋ是"，目前剛唸國中一年級。在我寫這本資料期間，事先也沒有教過他，但他大部份都把我寫的唸對。因此更加強了我當初的想法；對於改進目前閩南語聲符的信心。希望本資料如能夠給予更多數人來學習母語，了解母語因容易學而產生興趣，因容易學而使此保存先秦古音最多的母語，更蓬勃發展。

　　在編寫期間發現，低促調♭符比高促調ℙ符用得多，為求連貫性，本教材均以♭符標調。以後為節省"標符"，可能改以高促調標符，低促調♭簡化不"標符"。

　　閩南語的內容是博大精深的，並非一本教材能夠寫得清楚，以後將繼續努力；尤其口語方面更是努力的目標。

編著者謹示
1995.12.26

國家圖書館出版品預行編目資料

閩南語教材(一)

／吳傳吉編著. -- 初版. -- 臺北市：
臺灣學生，民86
冊， 公分

ISBN 957-15-0846-2(第一冊：平裝)

1.閩南語

802.5232   86011108

閩　南　語　教　材　(一)

編 著 者：吳　　　　　傳　　　　　吉
出 版 者：臺　　灣　　學　　生　　書　　局
發 行 人：孫　　　　　善　　　　　治
發 行 所：臺　　灣　　學　　生　　書　　局
　　　　臺 北 市 和 平 東 路 一 段 一 九 八 號
　　　　郵 政 劃 撥 帳 號 ○○○二四六六八號
　　　　電 話：三 六 三 四 一 五 六
　　　　傳 眞：三 六 三 六 三 三 四
本書局登
記證字號：行政院新聞局局版北市業字第玖捌壹號
印 刷 所：宏 輝 彩 色 印 刷 公 司
　　　　地 址：中 和 市 永 和 路 363 巷 42 號
　　　　電 話：二 二 六 八 八 五 三
定價　精裝新台幣二八○元
　　　平裝新台幣二一○元
西 元 一 九 九 七 年 九 月 初 版